積み木シンドローム

The cream of the notes 11

森 博嗣
MORI Hiroshi

講談社

まえがき

マンネリを避け、気持ちも新たに、タイトルが「シ」で始まるシリーズを始めよう、と思ったのだが、急に怖気《おじけ》づいてしまい、これまでどおり「ツ」で始めることにした。こういうのを「お茶を濁す」という。つまり、抹茶ラテみたいなもので、「追加したクリープ」にしても良かったところだが、誰がこの機微《きび》を察してくれようか、と八日間も羊羹《ようかん》を食べずによう考えてみた結果、それほどのことでもないか、ちっぽけなことに囚われてどうする、そんじょそこらのモヘンジョダロだな、などと視点を切り替え、さあ、どうする、考えながら書いているからこんな不安定な文章になってはいまいか、まるで森なんとかが書いた水柿《みずがき》君（他社だ！）ではないか、と疑われてしまう可能性がないでもないが、それも一興といえば、まんざらまんだらけであり、なるほどベーコンレタスバーガではないか。どうしたのだろう、まえがきからいきなり作者はふざけているのか？　否、けっしてふざけていないわけではない。正々堂々とふざけている。なにしろ、大勢から「ふざけたことばかり書いている」「金儲《かねもう》けにしか興味がない」と非難轟々《ひなんごうごう》の森博嗣である。だが、非難がまったく届かないシェルタに住んでいるため、書きたい放題だ。書きっぱなしの書き散らしなのである。真面目なことを書いても誰にも理解してもらえないなら、ふざけたことを書いた方が高効率ではないか、とふと気づいたのは二十六年ほどまえのこと、そう、作家としてデビューしたときだった。思えばあのときから、ふざけた作家だった。その後も、順風満帆にふざけ倒して幾年、「スリッパ」のように最後に「ー」をつけないカタカナ表記や、「MORI Hiroshi」のように氏名の順でローマ字表記をしたりして、物議なら ぬ、ぶつ切りを醸《かも》したりと、狭い小説界隈《かいわい》を騒がせてきたものの、なにしろ小説界隈があまりにも狭く、マイナでありすぎる。渡る世間に雀の涙ほどの割合でしか存在しない読書人口をしげしげと鑑《かんが》みれば、影響はごく限定的であろう、と専門家は見ているという。

評判というものは、重版でしか判明しないという信念とともに、この天邪鬼《あまのじゃく》で気まぐれで独りよがりで引っ込み思案な作家は、毎年十二月に百のショートエッセイを集めた本を出している。今回はシリーズ十一作めになるから、待望の「十作超え」だ。そして、これを書いているのは発行の九カ月まえの三月であり、一月に降った雪がようやく少し解け始め、春の有機的な香りを運ぶ風に備えマスクをして庭仕事に勤《いそ》しむ日々。森博嗣は、正直に言って、これまでふざけずに文章を書いたことはない。ふざけていなければ、作家という仕事は務まらないだろう。真面目にふざけることに挑戦しつづけているらしい。

contents

積み木シンドローム

The cream of the notes 11

1 ここ十五年ほど、なにかで職業を尋ねられたら「無職です」と答えている。

滅多にないことだが、書類に職業を書かされる場面がある。その場合、僕は「無職」と書くようにしている。ちなみに、家の電話番号は書かない。尋ねられたら、「ありません」と答えることにしている。光ファイバのルータをつないでいるだけの装置でしかないので、それでほぼ正しい。電話機としては機能停止の状態だから（ベルは鳴らない）。

四十代くらいまでは、職業をきかれたら、「公務員」と答えていた。それ以上の詳細を求められたら、「国家公務員」と答えるか、「技術関係です」と言ってきた。「技術」と「工学」は英語は同じである。このくらいで、相手は尋ねなくなる。

日本では、仕事を尋ねると、勤め先を答える人がとても多い。ずばり会社名をいうのだ。そういう個人情報を話してしまうわけである。日本以外ではあまりない。自分がしている専門分野を答えることが「仕事」あるいは「職業」の意味であって、どこから給料をもらっているかは人に教えるような事項ではないからだ。日本では、「所属先」がどこかが重要視される。大企業だったら、それだけで「立派な人だ」という判定になるのかもしれない。一方で、宗教については日本はほぼ無頓着で、「何宗ですか？」と尋ねたりしない。たとえば、仏教でもいろいろあるが、宗派を知らない人も多い。海外では、クリスチャンなどという曖昧《あいまい》なグループ分けは通用しない。カトリックとプロテスタントは全然違う。宗教が違うと親しくなれない可能性がある、という価値観の場合だってある。

「無職」というのは、日本では印象が悪い。無職＝失業中の意味に取られる場合もある。「仕事をしているちゃんとした人物」という感覚を大勢が持っているようだ。僕くらいの年齢になると、無職＝引退と考えてもらえるかもしれないけれど、なかなかそれも厳しい。遊んで暮らせるほどの身分は、けっこう珍しいといえる。それは、日本の金持ちたちがほとんど仕事の現役に居続けるためだろう。海外では一儲けして、あっさり仕事から退いた人が（わりと若い人でも）多いのと対照的だと感じる。

少し昔のヨーロッパには貴族がどこにでもいて、たいてい仕事をしていない。ただ、大勢の人たちから尊敬されていた。なにしろ、貴族が大衆のために福祉的な役割を果たしていたからだ。当時、仕事というのは「卑しい」ものと認識されていた。貧乏で人のために慈善事業を行うこともできない、ただ自分が食べるために金を稼がなければならない、という状況だったからだ。この理屈は、今も生きている。僕も、仕事に対してこの印象を持っている。ただし、「無職」と答えるときに優越感を抱くほどのことはない。その程度。

2 「マスクをしてご入場下さい」とは、マスクをしないと入場できませんの意味？

日本語というのは、このように曖昧である。「そんなの常識だろう」と怒る人もいるかもしれないが、誤解のないように「マスクをしないと入場できません」と書けば良いのに、棘《とげ》がない表現をするから曖昧になってしまう。日本語がネイティブではない人には通じないかもしれない。「ご遠慮下さい」というのも、「堂々とではなく遠慮しつつ入れば良いのか」と受け取られる可能性があるだろう。

大学にいたとき、日本語でどうにか意思疎通ができる留学生たちが多く、わかりにくい日本語表現に、彼らは困惑していた。親睦会などでも、「是非参加して下さい」と言われたときに、断っても良いものかどうか、などで悩むらしい。「参加しても良いのです」という意味なのか、それとも「参加しなければならない」のか、わからないという。それは、そのとおり、日本人だって本当のところはわからないのだ。

最近では、だいぶ普通になったようだが、かつては、「任意」であるはずの「会」が、いわば「強制」だった。ＰＴＡとか町内会がそうだ。「よろしければ」と聞いたのに、行かないと、「あいつは来なかった」と言われる結果となり、指導を受ける羽目になったりする。馬鹿馬鹿しいことだが、日本の社会にはそういう悪習が確実に存在した。過去形で書いたが今もきっとあるだろう。ただ、僕はその種の「柵《しがらみ》」からは離脱したので、現在は自由になった。できるだけ、離れた方がよろしい。迎合することはない。

「みんなでやりたい」という人たちが大勢いることが、このような歪《ひず》みを生んでいる。沢山いるのだから、そういう人たちだけでやれば良いことだが、だんだん人口も減ってきたし、過疎になってきた地域もあって、必要な人員が集まらない事態も増えつつあるようだ。そんなときは、バイトで人を集めるしかない。無理に誘わないことである。

「手を洗いましょう」という標語は、子供のときから嫌というほど聞かされる。けっして「手を洗え」とはいわない。まるで「ダンスを踊りましょう」みたいなノリでいうのだ。「手を洗って下さい」とおっしゃる先生もいるし、「手を洗う」と終止形で指示する先生もいた。「廊下を走らない」というのもこれである。日本語はワイドすぎる。

大阪の人が「考えときます」と言えば、それは「お断りします」の意味になる。返事を保留しているわけではない。報道番組で、「この問題については今後考えなければならない」と聞いても、誰も考えたりしない。子供が真剣に捉えて考えだしたりしたら、番組に苦情が寄せられるだろう。「考えましょう」よりも消極的な意味なのである。

3 「具体的」と「抽象的」の焦点距離の自在性こそ、人の重要な能力。

オートフォーカスの機能がカメラに装備されたときは衝撃だった。当時は十万円以上した一眼レフカメラだったけれど、どうしても欲しい、と思ったのを覚えている。これは、ギアチェンジを自動的に行う自動車が現れたときにも受けたカルチャーショックだった。しかし、そもそも人間の目は自由に、しかも瞬時に焦点距離を調整する。また、人間の肉体にはそもそもギアがない。オートマティックというのは、とても自然な機能といえる。高度な技術に支えられているが、コンピュータがその多くの部分を担っている。

ところで、人間の思考にもフォーカスがある。たとえば、国際的、地球的な観点で議論をしているとき、一瞬で身近な損得に話題が移ったりする。この焦点を近づける方向のシフトは無意識にできるし、非常に速い。一方、焦点を遠くへ向ける視線は、意識しないとできないだろう。身近な損得に対しては誰もが敏感である、ということ。

遠近とは少し違うが、考える対象が具体的か抽象的か、という「ズーム」がある。一般論はなかなか難しい。なにか具体的な例を挙げることで理解を促《うなが》す。具体的なものには焦点が合いやすい。抽象的なものは、そもそもぼんやりとしか見えないのだ。

具体的な話をしていても、そこから抽象性を見出し、一般的な議論へ展開できる人は少数である。しかし、これは実に大事な思考法である。身の回りにある事象は、すべて具体的であるが、そこから一般性を絞り出す抽象化こそが、知性の本質といっても良い。

多くの場合、知的でない人ほど、具体的な話しかしないし、具体的な内容しか理解できない。たとえば、ケーキ三個よりも四個の方が得だとわかっていても、三と四という数字の意味を考えない。個々のケーキがどれくらいの量で、どれくらいの質なのかを評価しない。具体的なものに囚われている状態とは、言葉に囚われ、固定観念に囚われている。

また、焦点を遠くへ向けて、将来のことを考える姿勢も知性によるものである。これまでの自分の行動を抽象化して、失敗と成功の原因を評価していれば、未来の利益を導くことができるのだが、具体的なことに固執するため、その見通しを曇らせてしまう。

相手の気持ちを察することも、この思考の焦点距離に関係する。自分のことしか考えられない人は、他者の気持ちの存在さえ理解していない。概《おおむ》ね、このような低い知性は、結局は惨めな自分を知ることがせいぜいの人生になりがちだ。

あまりに近視眼で物事を見ていないか、とときどき意識して、ピントを変え、ぼんやりと全体像を把握することが、問題の解決に貢献するだろう。もっと抽象的に考えよう。

4 戦争が身近に感じられるデジタル時代は、不安を大きくするが、より安全側か。

大規模な軍事侵攻があった。痛ましいことで、人間の愚かさが際立つばかりだ。この際、世界は一度滅んでしまったらどうか、とさえ思うけれど、さて、いかがだろうか。

今回の戦争に限らないけれど、このようなニュースのたびに思い浮かべることがある。まず、戦い方の相変わらずの古さである。全然進歩していない。今どき戦車なのか、とびっくりしてしまう。僕の年齢だと、戦争といえばベトナム戦争だった。あの当時は、空から爆弾を落として皆殺しという戦法が一般的だった。いつの間にか、兵士以外の一般人を殺してはいけない、というルールができたようだ。第二次大戦のときにはなかったものだ。戦争というのは、相手国の国民を皆殺しにする行為だ、と僕は子供の頃に心に刻んだ。兵士か一般人かを見分けてから殺すことなんて難しい、ほぼ無理だろう、とも思う。

武力を用いて侵攻した国に対して、経済制裁を発動する。さて、この経済制裁は「暴力」ではないのだろうか？　ここもわからない。僕は同じくらい暴力だと感じる。なにしろ、人の財産を勝手に盗む行為に近い作意だし、全然無関係の人たちの生活も犠牲になる。爆弾やミサイルの方がまだ狙いがピンポイントではないか、と思えるほどだ。もちろん、直接生命を奪ったり、血を流したりはしないから、許容されているのだろう。それでも、「暴力的」であることには変わりない。少なくとも相手側はそう感じるはずだ。

そもそも、ルールを破って蛮行に及ぶ者を裁くのは、神ではない。今は「法」である。この法律は、国家内では警察という「暴力」によって実行されている。犯罪者を捉えて、監禁する暴力である。つまり、暴力を防ぐには暴力しかない、という理屈だ。「法」になったことで、「個人」の暴力ではないのが、近代的であり、少しましになった点といえる。

たとえばの話だが、国際連合のような世界組織が、最強の武器や軍隊を有していたら、国家間の紛争はそうそう起こらないだろう。法律に則って処罰する、あるいは裁判を行うことができるので、それぞれに自制がかかるはずである。平和というのは、このような絶対的な暴力の下でしか実現しないようだ。人間がそれだけ性悪だということである。

ドイツは、原発を再稼働させることになるだろうか。戦争がなくても、そうなったと思うが、少し早まった。また、核兵器の拡散は、さらに進むだろう。惨めな未来しかない。

こうしてみると、余寿命がせいぜい二、三十年しかない人物がリーダになることが問題だ、と気づくべきである。老人はせいぜいアドバイザで良い。政治は若者に委《ゆだ》ねる方がより安全だろう。なにしろ、血を流して戦うのも若者なのだから。

5 想像以上に個人主義だった日本人。時代の変化は早いといえるのか。

欧米に比べると、日本人というのは自分が所属する組織に忠誠を尽くすようなイメージを僕は持っていたが、最近、この印象は完全に間違っていたことを知った。アンケート調査による結果の多くは、今の日本人が、個人主義で、国家、会社、地域、グループの利益よりも、自分や自分の家族の欲求に素直に従う傾向を示している。口では、会社のためになどといっているわりに、いざとなったら簡単に離脱する傾向があるらしい。

僕は自分が個人主義だから、若い頃からずっと、周囲の人たちから滲《にじ》み出ている連帯感のような言動を不審に思っていたのだが、たしかに当時は、家庭を犠牲にするほど仕事に打ち込む人が普通で、封建的な社会を連想させたりもした。だから、日本人全体が自分の側に近づいてきたのかな、と解釈して少しほっとする気持ちもある。しかも、アメリカ人などに比べても、日本はより個人主義だというから驚きだ。平和が長く続き、また個人主義を謳歌できるほど豊かになった、と見るべきだろうか。悪い傾向ではないとは思う。

もう少し小さいグループとして、村や親族がある。これらに対しても、かつてほど義理を感じない人が増えているのだろう。核家族になったし、都会へ引っ越した世代が定着している。若者は、大学や仕事のために都会へ出てきて、その後はそこを生活圏とする場合が増えた。盆と正月、村の祭くらいでしか故郷へ帰らない人がほとんどではないか。個人の生活、自分の家族を第一に考えることが常識になったといえる。今の若い人は、「え、それって昔から常識なのでは？」と思うかもしれない。幸せなことではないか。

以前の日本では、家族よりも先祖のことが重んじられたのだ。田舎ほど、そういった土着の意識があっただろう。いわゆる「絆《きずな》」のようなものが、今は単なる「伝統」として処理されるようになったのかもしれない。お祭りだけ参加し、そのときだけ行動を共にすれば良い単なる儀式で、いわば「つき合い」になった。これも、悪いことではない。

会社という村も変化した。入社したら、一生そこで奉公する、骨を埋めるつもりで頑張る、みたいな空気は今は薄れた。終身雇用のシステムがほぼ崩壊したからだ。そうなると、自分の会社を客観的に観察できる人が増える。これは、情報化社会になり、自分の村を客観的に見られるようになったのと同じだ。いつまでもここにいられるわけではない、と考えれば、未来の自分の生活を、自分の頭で考えなければならない。逆にいえば、これまでは「ずっとここ」「これまでどおりに」と先祖に手を合わせつつ思考停止していた文化があった。日本人はより自由になれた。だが、きっとそれ相応の不安も伴うだろう。

6 原因や理由を挙げることは、単なる「言い訳」ではない。

事象について分析するとき、どういった条件でそうなったのかを調べる。非常に基本的で、科学的な態度といえる。条件とは理由であり、起こった事象が結果であるけれど、理由と結果は必ずしも一対一に対応しない。同じ条件でも違う事象が見られる場合もあれば、理由を取り除いても、結果が変わらない場合もある。世の中は単純ではない。

よく耳にする言葉がある。「○がしたいんだけれど、△なのでできないんだ」というもの。これは、△が理由で○が不可能になっている、という理屈である。しかし、多くの場合(おそらく九十パーセント以上の確率で)、△を排除しても○は実現しない。たとえば、「お金がなくてできない」「時間がないから無理だ」といった場合、お金があっても、また時間があっても、できない場合の方が圧倒的に多い。同時に、お金がなくても、時間がなくても、それができている人もいる。こういった状況からわかることは、結局、お金や時間は「原因」や「理由」ではないということだ。では、何か？　それは「できない」ことを誰かに納得してもらうための「言い訳」であり、その誰かとは、たいていは「自分」である。言い訳が最も通じるのは、自分なのだ。他人は、誰が何故できないかなんて、特に関心はない。聞き流しているだけ、「へえ、そうなの」と相槌を打つだけである。

さらに観察すると、「できない」ことの本当の理由は、実は「やりたくない」からである。言葉では、やりたい、できたら良いな、いつかやってみたい、と主張しているのだが、そのような「前向き」で「積極的」に見える自分に満足しているだけで、実際にしてみたいとまでは望んでいない。だから、お金があり、時間もできた状況になっても、それをしない。別のことに金も時間も消費してしまい、すぐに「できない」状況に戻ろうとするのだ。人間というのは、自分が望んでいる状況へ必ず近づこうする性質を持っている。

それ以上に問題なのは、こういった言い訳を無意識に口にしているうちに、自分でもその原因や理由を鵜呑みにしてしまうことだ。やりたいな、良いな、と思うことはいつもできない。そんな不満が募《つの》り、気がつくとすべて金欠が理由だと発想する。そのうち、金がないことが自分を不幸にしている根源だと思い込む。もう、何がしたいのかも忘れて、とにかく金のことばかり考えるようになる。ギャンブルで勝てないのも金が少ないせいだと思う。潤沢《じゅんたく》な資金があれば、もっと投資ができて問題は一気に解決するはずだ、と考える。

本来は、理由や原因を正しく認識することは「言い訳」ではない。その条件を排除することで目的を達成するための方法にすぎない。ただし、確率を高める効果があるだけだ。

7 日本でコロナウィルスが抑制された理由は、日本人の個人主義にあるのでは。

二つまえに書いたが、日本人は意外にも個人主義なのだ。仕事のあと仲間と飲みにいったり、会だ、祭だ、式だと、イベントごとに集まって酒を飲むのだが、これがコロナで禁止されると、案外大勢がほっとして、つき合わなくて済む、と胸を撫《な》で下ろしているらしい。早く帰宅して、自宅で一人、あるいは家族と過ごす方が良い、という人が増えた。

僕は世界中を知っているわけではないが、アメリカもイギリスも、もう少し他者と親密につき合う。パーティは多いし、一緒に食事をする機会も多く、一人で食事をすることは珍しい。食事のあと、夜はパブで近所の人と話すのが習慣のところも多い。そういうライフスタイルでは、仲間と和気藹々《わきあいあい》で声を上げることが生活の中心にある。家族だけでひっそりと過ごすことができないのかもしれない。親しい人とハグをするのだって、日本人にはあまりない習慣だ。個人の生活に他者を受け入れないのが日本の社会だといえる。

仕事のつき合いも、しかたなく西洋に見習っていたのかもしれない。日本にはそれほどパーティ的なものがなかった。「式」と呼ばれるイベントも、静かで厳《おごそ》かなものだった。

子供の「会」や「式」に親が出席することもなかった。だいたい、結婚式場や葬儀場というものもなかった。そういった式典が金になるとビジネスが煽《あお》ったのだ。

不思議なのは、二年以上経過しても、まだ学校や会社がオンラインにならないことである。全面的にシフトすれば良いと思うのだが、そうはなっていない。友達と会えないことが寂しい、との声をTVなどで紹介しているようだが、それはマスコミが聞きたい声であり、みんなの共通の声とは限らない。学校や会社へ行くことが面倒だと感じている人がかなりの数いるはずだ。僕の周辺で聞いたところでは、そういう声が大半だった。

経済を回さなければならない、という声はどこから生じるのだろうか？　政治家の周辺では、その声が集まるらしい。普段から、政治家に陳情している声なのにちがいない。二年も時間が経過しているのに、別の経済を起こそうとしない方がどうかしている。人口は減っているのだし、平均的には寂しくなっているのだ。無理に人を集め、賑《にぎ》やかな雰囲気を取り戻そうとしても、それは単なる一夜の祭にすぎない。祭で経済を回すつもりか？

時代は確実にシフトしていく。より個人的な生活が主流になる。集まらず、大騒ぎせず、静かで平和な社会を大勢が望んでいるだろう。かつての栄光を取り戻そうと戦争を始める国もあるが、あらゆるものが新しくなり、人々の価値観も変化する。形ばかりの繁栄を求めることは、鯉《こい》のぼりのポールの先にあるような「空回り」になるだろう。

8 出ザル、会わザル、飲まザル、騒がザルになれ、と指示された日本人。

日光《にっこう》の東照宮《とうしょうぐう》へは行ったことがないが、三匹の猿の置物が子供のとき我が家にあった。だが今はない。どういう教えなのかよく知らないけれど、子供のときには「余計なことを」が目的語だったように思う。今風にいうと、「不要不急の」という意味だろうか。

あまり他人のことを気にしない、気にしザルは良いかもしれない。あるいは、比べザルとか、見せザルもけっこうだと思う。いらない物を持たザルなんかもトレンドだ。猿ではなく、ナマケモノだったら、やらザルか動かザルだろう。そういう人間、特に老人が最近増加中なのではないか。まあ、年金をもらって、静かに生きているのなら、文句は言えない。日本の憲法であれば、戦わザルであるが、核の三原則も猿にしてはいかがか。

もう少し武士道というか禅宗的な指向だと、居ザル、有らザル、思わザルくらいが哲学的でよろしいかもしれない。そういう猿の置物があったら飾っておきたいけれど、具体的にどんなポーズでそれを表現するのかが考えどころだ。ちょっと考えていただきたい。

さらに、修行をつんだ仙人クラスになると、生きザルに近いレベルかもしれない。生きているのに生きザルとはこれいかに。その心は、生きていなければ、死なザルなり。

偽らザルや、飾らザルや、強がらザル、怖じザルなどは、そうありたいものだ。しかし、空気を読まザルは、嫌われるらしい。否、嫌わザルこそ、貴重な種族ではないか。

最近の都会を歩くと、ほとんどの人がスマホザルになっている。おそらく一日中片手はスマホを持ったままだろう。自分の目で見たもの、耳で聞いたものよりも、スマホのモニタにナビゲートされて生きているようだ。だから、見ザルと聞かザルにはもうなっていて、言わザルだって実現できる。なにしろ、ラインザルとインスタザルなのだから。

いつも指摘していることだが、現代人の多くは考えザルになっている。誰か偉い人が考えてくれると信じている。そして、周囲の人たちと足並みを揃えることだけに集中している。プログラムできるロボットにこの種のものがあって、自然に群れを作って水族館のイワシの大群のように動く。人間でなくても魚や虫やロボットでも可能な生き方といえる。

そこまで酷くなくても、老人に多いのは創らザルである。「作」ではなく「創」の漢字を使ったのは、新しいものを生み出さザルという意味だ。もう残りの人生は、これまでの経験を懐かしみ、子孫の繁栄（といっても自分の孫だけだが）を穏やかに眺めつつ、現状の日々を繰り返し続けたい、というわけで、これも、なるほど、「悟り」の一つかもしれない。生きたまま銅像になったみたいな人生だ。僕には、とうていできない技である。

9 出来事を具体的に書かず、いきなり発想を述べるとエッセィになる。

日記やブログなどに文章を書くとき、今日何があったかを順番に書いていくわけだが、どこかでひっかかって、そのとき思い浮かんだことへと話が逸れる。ここからが、初めて「考えたこと」といえる内容になる。つまり、そこまでのストーリィは書かず、いきなりこの思いつきからの展開を書けるようになったら、プロのエッセィといっても良い。一般の読者が読みたいのは、その人の発想であり、気づきや想像の連鎖なのだ。

同様のことが、たとえば小説やエッセィを読んだあとにアップする感想文にもいえる。まず、誰もがその小説やエッセィに書かれていた内容を説明しようとする。小説だったら、あらすじだし、エッセイだったら要約的なものか一部の抜粋になる。そして、そのあと自分が気づいたこと、感じたことを書くだろう。八割くらいの人は、この気づきや感想にまで至らず、単にあらすじか内容だけに終始していて、せいぜい「気に入った」「今ひとつだった」くらいの一言コメントしか加えられない。だが、実はそこだけが「感想」と呼べるものだ。プロの書評家なら、そこからが自分の[illegible]ティといえる大事な部分で、当然ながら力が入るだろう（ただし、プロの書評家でも、本の紹介をどこかから頼まれて書くことが多々あり、どうしても内容に触れざるをえない場合が多いはず）。

自分がした経験を丁寧に語り、これこれこういった状況で、このようなことが起こったのを目の当たりにしたとき、過去のこんなことを思い出し、そこでこういったふうに考えてしまった、と説明する。これが物語であり、ストーリィである。普通の人は、ストーリィをふむふむと頷きながら聞いてくれる。他者の経験は興味深いからだ。それは、具体的だし、身近だし、それゆえに共感できる可能性もあり、反応することも簡単である。

しかし、ではそういった物語がなければ、その思いつきや想像は得られないものか、と考えてみよう。少し違った状況でも、同じような発想ができるかもしれないし、また、まったく逆の視点から見たら、どのような発想になるのか、と連想することも可能だ。つまり、状況を説明する物語の部分は、たまたまその人、その場所、その時間の条件設定にすぎず、得られた発想が単なる反応でしかないのかどうか、を考えなければならない。何故なら、多数が面白い、興味深いと感じるものは、もっと汎用的な価値を持ったものであり、その特定の条件以外でも適用できる可能性を持っている点を無意識に評価しているからだ。「ああ、そういうのって、あるよね」と感じることがある。既に抽象化された知見の香りを嗅ぎ分けている証拠といえるだろう。なにか匂うぞ、という鼻を利かせよう。

10 ストレス解消のため、というが、そもそもストレスを何故溜める？

ストレス解消のために、少なくない金や時間を使っている人が大勢いる。まるで、ストレスを解消することが趣味みたいである。というか、「趣味」というのは、ストレスを解消するための行為だと認識されてさえいる。どこか不自然な気がする。たとえば、僕はストレス解消をするような行動を今は一切していない。何故かといえば、ストレスがないからだ。そう、そもそもストレスというのはどうして発生するのかを少し考えてみよう。

たとえば、「疲労」というのはストレスとは違うものだろうか。これは、運動したり、同じ作業を長時間続けると発生するようだ。疲労は、「解消する」とはいわず、「取る」という。休憩したり寝たりすると疲れが取れる。似たものに「痛み」がある。ある筋肉を使いすぎると筋肉痛になる。これも「解消」ではなく「取る」ものだ。つまりストレスではない。ただ、「疲労」は溜まるが、「痛み」が溜まるとはあまりいわないようだ。

機械の場合にも、疲労や痛みはある。小さな力でも作用する回数が多くなると、金属でも疲労する。「金属疲労」は、材料力学でも数値化されていて、設計に盛り込まれている。機械の疲労や痛みは回復することはない。その部品を定期的に新品と取り替えることで対処している。生きているものだけが、疲労や痛みから回復する能力を持っている。

ストレスというのは、疲労や痛みと何が違うのだろうか？　ここからは僕の想像だが、つまり、使いすぎて発生するものではなく、逆に、使わないから溜まるものなのではないか。機械の場合でいうと、長期間使わずに放置しておくと、オイルやグリスが固着して動きが悪くなる。酷いときは配管が詰まったりする。使わないことで「溜まる」ものだ。そして、定期的に動かしてやることで、それが「解消」する。流れが良くなるのである。

このメカニズムが近いとすると、本来作動するべきものを抑制した状況で発生することになる。人間で考えると、やりたいことができない、我慢を強いられる、ことで「溜まる」ものがあるわけだ。精神的なものだから、なにかの物質が蓄積しているのかどうかは、専門外なので僕は知らない。ただ、こう考えると、対策は簡単である。ようするに、やりたいことをして、我慢をしなければ、それは溜まらない。ストレス発散をするまえに、ストレスを溜めない方がより健康的だし、エネルギィ的にも経済的にも有利だと思われる。

そんなに簡単にはいかないよ、と思われる方が多いと思う。簡単ではない理由は明らかだ。やりたいことを知らない、何を我慢しているかわからないからだろう。ただ、なんとなくストレスが溜まっているとだけ感じている人がほとんどなのではないか。

11

「褒めて育てる」神話は、科学的には否定されているが、信仰はまだされている。

子供は褒めた方が伸びる、と多くの人が信じている。数十年ほどまえからアメリカで流行した風潮だが、その後、科学的な調査によって否定された。かといって、叱った方が伸びるというわけでもない。ようするに、そういった教育姿勢は個人の能力には影響を与えない、という結果だ。親の育て方によって、子供が良い人間になったり悪い人間になったりするわけではない。多くの場合、親や家庭以外の環境、特に年齢の近い周囲の人々に影響を強く受ける傾向にある。そして、なによりも大きく決定的なのは「遺伝」だ。

そもそも、やたら褒めて、褒める回数を稼ぐのは不自然だ。あまり褒めない人間が、あるときちょっと肯定的な評価をすると、それがもの凄く効いたりする。日頃怒らない人間が、一回だけ叱ったことで、多大な影響を子供に与えることもあるだろう。つまり、こういったメリハリが必要であり、なんでもかんでも褒めていたら、褒める効果も薄くなる。鬱陶《うっとう》しがられるのがオチである。今の大人はあまりにも子供に微笑みすぎなのでは？

僕は、子供を叱った。回数は多くはないと思う。もちろん褒めることもあった。ただ、暴力をふるったことは、お尻を手のひらで軽く叩く程度のことが数回あっただけだ。頭や顔を叩いたことはない。これは、犬を叱るときも同じである。痛い目に遭わせる必要はなく、こちらが本当に怒っていることを理解させれば良い。そういう演技をすれば良い。

子供は二人しか経験がないし、どちらも同じように育てたので、何がどう効くのかはわからない。とりあえず、二人とも立派な大人になった。親として悩みを抱えることもなく、すなわち、とても親孝行な子供たちだと今は感謝している。

犬は四匹を育てた。四匹とも同じ犬種である。一匹めは叱って育てたが、よく吠える犬になった。二匹めは叱らずに褒め倒して育てたら、吠えない犬になった。でも、どちらも優しい良い子だった。その後は、褒めて育てた犬と、叱って育てた犬が続くが、この四匹を客観的に比較してみると、叱って育てた犬の方が行儀が良く、大人しく、いうことをきく。たとえば、危険な場面で「待て！」という声で止められる犬は、叱って育てた方である。だから、叱って躾《しつ》けることは、犬の安全のためには効果があるといえる。ただ、犬と人間では、言葉の理解や想像力に差がありすぎるので、人間の子供に対しては、これほどの効果の差は、おそらく認められないだろうと想像する。

大事なことは、褒めるにしても叱るにしても、愛情が籠もっているかどうかだろう。子供も子犬も、大人の言葉や表情や態度から愛情を読み取る能力を持っている。

12 「なんなら」という言葉の意味が、ほとんどわからなくなっている気がする。

「なんなら」という言葉は日常会話によく登場する。僕はひらがなで書くが、「何なら」と漢字で表記する方が多いだろう。これがどういう意味か、説明できるだろうか？

ほかの言葉にすると、「もしよろしければ」か、「それが駄目なら」の場合もある。「こうなったら」と言い換えられるときもあるだろう。なんとなく相手の気持ちを察するようなもの言いである。丁寧にすると「なんでしたら」「さようでしたら」だと思う。また、過去形になって「なんだったら」もあるが、意味に大きな差はない。

さて、この「なんなら」は、明らかに違う意味に今は使われているようだ。ネットで散見される「なんなら」は、これまで挙げた意味ではどうしても通じない。何故その言葉がそこにあるのかわからない場合がとても多いので、そのことを書こうと思ったしだい。

いろいろな意味に使われていることが想像できる。比較的多いのは、「さらにいえば」に近いもの。それから、「もしかすると」の意味で使われている、と思われるものがある。実際に使っている人に僕が尋ねて、意味を確認したから、まちがいない。本人は、

「なんなら」はそういう意味だと思っていて、本来の意味を知らなかった。

しかし、その二例でも通じない「なんなら」がある。おそらく、単なる「それから」のような接続詞として、口癖のように使われているのではないか。「そういえばさ」や「まあ」や「なんとなく」みたいだ。たとえば、みんなが黙っているときに、突然「なんなら、どこかコーヒーでも飲みにいこう」と言い出したりするわけである。「それじゃあ」に近いかもしれないが、「それじゃあ」といきなり言われても、何が「それ」なのかわからないのと同じく、何が「なん」なのか不明である。言葉って、そういうもの？

口癖で、言葉の端々《はしばし》に「正直」や「ぶっちゃけ」や「まじ」や「結局」などが挟まれるのも、ほとんど意味はなく、会話を滑らかにする「ええぇ」「あのぉ」「まあ」「なんというのか」「いわゆる」「つまり」「さりとて」「そんなわけで」「いってみれば」「私が見たところ」「まえにも思ったんですけど」などいくらでも思いつく。校長先生の挨拶を聞くときは、そういう意味のない言葉が沢山挟まれていることを観察してみよう。

「なんなら」は、文章には登場しない。ただ、僕は小説を書く仕事をしているので、話し言葉を文章にしなければならない。それで、世間の人がどんな言葉を使っているのかを注意深く観察している。こういうとき、政治家だったら「緊張感をもって注視していきたい」というだろう。なんなら、緊張感を持たずに注視してみてほしいところだ。

13 国連の安全保障理事会にどうして「拒否権」なんてものがあるのか？

今回の戦争で、ようやく多くの人がこの拒否権なるものに関心を持ったのではないか。「拒否権って何だ？」と思う人も多いかもしれない。単に「反対です」「拒否します」という投票の権利ではない。そんなものなら普通の投票権に既に含まれている。

安全保障理事会は、理事国十五カ国で決議案に投票をするが、常任理事国（英、米、ロ、仏、中の五カ国）のうち一国でも反対すると否決されるルールになっている。これを拒否権と呼んでいて、つまり五カ国だけにその権利がある。このため、よく見られるのは、ロシアや中国が反対して、なにも決められない事態である。こんなことでは、何のための国連なのか、と多くの人たちが憤《いきどお》っているだろう。どうして、そんな変なルールがあるのか。民主主義だったら、大勢が賛成すれば、一国だけの反対を押し切れるはずだと。

では、もし拒否権がなかったらどうなるかを考えてもらいたい。そうなれば、国連の決議は賛成多数で可決される。しかし、そうなるまえに反対勢力（たとえばロシア）は、国連を脱会することになるだろう。脱会すれば、決議したルールに従わなくても良い。そして、脱会すれば、もう二度と、その件で話し合いをすることもできなくなる。つまり、大国が孤立することで、ますます世界戦争に近づく危険な状態になる。過去にそういった事態になった経験を踏まえ、完全に対立するよりも、話し合いの場、議論の機会だけでも存続させた方が、より平和的であるとの判断から、この拒否権が定められたのだ。

しかし、もちろん問題はまだある。何故その五カ国の常任理事国だけに拒否権があるのか、ということ。それ以外の国は、脱会して孤立しても、それほど世界的な大戦争になる可能性が低いということなのか、といった議論の余地はまだある。

「大国」とは何か、という問題もあるだろう。簡単にいえば、米、中、ロの三カ国のことだといって良い。共通するのは、人口が多く、国土が広いこと。それによって、国内の資源（エネルギィと食料）で最低限の経済が回せる。ようするに、孤立して世界を敵に回しても存続可能な国のことだ。英と仏は、今では大国とはいえない。資源的に孤立できない。日本はもちろん大国ではないし、非常任理事国にどうにか選ばれることがある程度。

もちろん、エネルギィと食料があれば生きてはいける。しかし、昔とは違う点もある。それは情報だ。情報が遮断されることの「貧しさ」を国民が感じる時代になっている。その意味で、今回もあらゆるブランド（オリンピックとかマクドナルドとか）が遮断される「制裁」に至った。未来に向けて、情報資源の価値が問われる事態になっている。

14 コロナ騒動で、それまで異常だったものが普通になったと評価できる。

これは僕の私見であり、おそらくは少数意見だろう。多くの反論があることと思うけれど、賛成も反対も、科学的根拠のある問題ではなく、個人的な感想なので、お互いに自分とは違う意見を聞いて、より客観的に考えていけば自身の利益につながるだろう。

ここ二十年くらいの日本は、あまりにも人の「和」を重視しすぎていた。「輪」とか「絆」とか表現はいろいろだが、とにかく人を集めるイベントが過密した状況だった。この理由は、平和が持続したため国民が平均的に富を蓄え、物質的に豊かになったためだ。

コロナ騒動で、いろいろ異常だったものにブレーキがかかったように僕には見える。たとえば、地価、外国人観光客、各種イベント、都市集中などなど。根本には明治以来の人口増加もある。異論は多いと思うが、これらを「異常」だと感じていた理由を書こう。

戦後、日本人は世界に追いつこうと一所懸命に働いた。もともと勤勉だったのかもしれないが、近所で戦争があったり、その影響も大きかった。あっという間に、先進国の仲間入りを果たした。電子技術や自動車産業は花形で、「技術の日本」などと自負していた。

　だが、その後は続かない。アジアの国々が台頭し、たちまち日本は衰えた。それでも、日本人の暮らしは豊かで、見たところは過去の貧乏な社会には戻っていない。世界へ向けて羽ばたこうとする勢いは完全に消えたけれど、その代わり、国内で豊かさを売り物にする商売が増えた。たとえば、観光業、飲食業、つまりサービス業である。加えて、ゲームをはじめとするエンタテインメント業、そしてマスコミがこれらを煽る。つまり、豊かになって遊びたがっている人たちを相手にする商売である。なにか新しい技術を開発するというよりも、面白いもの、楽しいもの、美味しいものを提供する。いずれも、人を集めることで効率を高める。世界に向けて新技術を開発するよりも、これらは比較的単純な努力で達成できる。技術よりも接客というベクトルになったといえる。唯一の例外は、プログラミングの業界だろう。ゲームや管理・サービスの一部にまだ「技術」の必要な部分がある。しかし、それもＡＩによって援助され、理系の能力よりも文系の営業へとシフトしている。そうなったときに、コロナ騒動が押し寄せた。

　そもそも、都会というのはサービスを提供する効率を追求した装置である。人を集めることが機能なのだ。だから、人と会うことを制限されると、これらは根本的に成立しない。その方面で仕事にならなくなった。俯瞰して見えてくるのは、そんな構造的な弱点である。今後、これまでの方向性で良いのか、という見直しを迫られるだろう。

15 ドラえもんの何が凄いって、あれが「猫型」だということである。

どうみても猫に見えない。たとえ耳を付けたとしても、である。その証拠に、ドラミちゃんを見てみよう。猫には見えない。コアラの方が近いだろう。そもそも、何の目的で猫型にしたのだろう。普通のロボットにすれば良かったのでは？（蛇足だし、以前にも指摘したが、早くポケットから「何でもナオール」を出して自分の耳を修復してほしい）

さらに、不思議なのは「ドラ」という名前である。兄妹揃って「ドラ」を冠している。おそらく、ドラ猫の「ドラ」だろう。何故未来にドラ猫がいるのか。犬も猫もかつては「野良」が多かったが、どんどん減っている。未来には絶滅しているはずだ。

「ドラ」は、この「野良」、つまり「野原」の意味もあるし、「有楽」や「放蕩《ほうとう》」の意味もある。たとえば、「どら息子」などが使用例だ。「どらを打つ」という言葉があって、金を使い尽くすこと。これは、猫型ロボットにはプログラムされているとは思えない。むしろのび太くんの方が「ドラ」に相応《ふさわ》しい性格に見受けられる。そういう傾向の人間に仕えて、あらゆる放蕩を続けさせるためのロボットだったのかもしれない。たしかに、なんでも願いを叶えてくれるわけで、人間を堕落させる高い能力を有している。

話は変わるけれど、「ドラ」というのは、名古屋では違う意味だった。「ドラきち」という言葉があって、今は禁止用語になっているはずだが、ようするに、ドラゴンズの熱狂的なファンのことである。ドラえもんが登場したときに、「右衛門」なんていう古臭い名前ではなく、「ドラ太郎」とか「ドラ吉」にすれば良かったのに、との意見があった。前者はなんとなくビジネスアプリっぽいし、後者は名古屋では使用済みである。

『ドラえもん』の漫画は、僕が中学生のときは既にあった。大学生になったとき、漫画同好会に入会したのだが、女子会員で熱狂的なファンがいた。その人は、「ドカベン」も好きだったし「ドンキッコ」も好きだった。タイトルに「ド」がつくと売れるという法則がある、と豪語していたが、たしかに「ノラえもん」とか「ノンキッコ」では、インパクトがなく、ほのぼのしすぎかもしれない。

僕は『キテレツ大百科』の方が面白いと思うが、やや理系寄りなのが受け入れられなかった理由だろうか。ロボットのコロ助はアシスタントで、人間の木手《きて》君が天才であり、視聴者の子供たちの憧れだったが、逆に「あんなに賢くはなれない」と夢を潰す存在だったかも。ドラえもんとの一番の差は、「ジャイアン」は良くても「ブタゴリラ」という渾《あだ》名《な》は駄目だ、という点だろう。コロ助が武器を持っているのも問題かもしれない。

16 2021年7月に発表された「税収が過去最大だった」というニュース。

ちらりと、ネットでこのニュースを見かけた。もちろん、日本の話である。あまり話題にならなかったようだけれど、皆さん、驚きませんでしたか？　つまり、コロナ禍で、こんなに不景気だと嘆いていたのに、税収が過去最大って、どうしてなの？

僕は、残念ながら驚かなかった。やっぱりそうなんだ、思ったとおり、と頷いて終わり。コロナの蔓延で、観光業も飲食業も仕事にならなかったはずで、世間では、「経済が回っていない」と認識されていた。でも、実はそうではなかった。税収が最大ということは、個人や企業の収入が過去最大だったということだから、これこそがどんな統計よりも確かな「事実」といえるデータだということになる。

つまり、きちんと税金を払うような店や企業は平均的に儲かっていたことを示している。「商売にならない」「このままでは廃業するしかない」と声を上げていた業界は、もともと税金を払っていなかったのかもしれない。売上げがあっても、経費などに消えて、収入がなかったら納税しなくても良い。一方で、きちんと会計が調べられるような企業や会社員は、相変わらず税金を納める。経済はちゃんと回っているのだ。

　個人の店や、中小企業は、日頃からほとんど税金を納めていない。売上に見合うように、経費を調整して使っている。その経費の中には、従業員で旅行にいったり、飲み食いしたりする費用も研修として計上されている。自動車も別荘も、会社が購入している。景気が良いときには、なんとか収入が減るように努力をして「節税」しているのだ。利益を上げて貯金をするようなことはない。だから、ちょっと風向きが変わるだけで、「赤字になった」と大騒ぎ。騒いで公的な援助を求めるのが日本の「経済」である。そういう経済は、たしかに回らなくなったかもしれない。そもそも、危機に備えて蓄えるような努力をしていない。危なくなったら潰せば良い、と考えているところもきっとあるはずだ。

　TVなどが「経済が回らない」と危機感を煽ったのは何故か。それは、手っ取り早く起業して短期に儲けるような商売が、TVで「宣伝」をするからだ。マスコミがその種の商売の片棒を担いでいる。そもそも、宣伝しないと成立しない商売というのが危ない証拠で、長く存続するようにデザインされていないシステムだともいえる。必要な設備投資をし、人を育て、新しい商品を開発し、長く存続することで社会貢献するような企業は、きちんと税金を納めている。納税は最大の社会貢献でもある。社会貢献していない「経済」は、初めから空回りしているようなものだから、その回転が止まってもさして問題はない。

17 思いついたことを話すと、「それ、書いちゃ駄目だよ」と言われる。

誰に話すかというと、同居しているスバル氏である。最近、「家内」というと、「家の中に閉じ込めているのか？」と文句を言われる。ずっと「奥様」とあえて敬称を用いて書いてきたのだが、「奥」の漢字も問題があるかもしれない。「伴侶」とか「パートナ」が無難らしいけれど、パートナというほど、一緒になにかをする間柄でもない。だいたい、一日のうち顔を見るのは夕食の十分間程度で、あとはどこにいるのかわからないし、会話もほとんどない。それ以外の食事は一緒ではない。それぞれが勝手に好きなとき、自分で作って食べている。お互いの部屋には立ち入らない。トイレも階段も別々だから会わない。僕も彼女も庭に出て遠く離れたところで自分の仕事をしていて、犬たちが二人の間を行ったり来たりするだけだ。犬はメッセンジャとしての能力はない。どうしても伝えたい用事があるときは、メールを書くことにしている。今年で結婚して四十年である。

その貴重な十分間に、なにか話すことはないかと考えて、思いついたこと、気づいたことを話す。家のことではなく、一般論が多い。たとえば、「雨や雪が降ると、レインコートを着て風雨に晒《さら》されるレポータの中継があるけど、あれは無駄だよね」とか、「コロナになって、喫茶店や飲み屋は増えたんじゃないかな。なにしろ店を閉めているだけで毎日何万円ももらえるんだから」とかである。いちおう、家族だからこういう不謹慎なことが発言できる。ツイッタでアップしたらただでは済まないだろう。

　そのたびに、彼女はにこりともせず、「それ、書いちゃ駄目だよ」と僕に囁《ささや》くのである。なんでも本に書いてしまう、と思われているようだ。そもそも、彼女は僕の本を読まないのだから、これは被害妄想である。まあ、そこそこ、少しは、けっこう、あけすけに書いているから、なんとなく「そんなことまで書いたの？」と思っているフシがある。彼女の父親が最近、僕のエッセィを読んでいるとのこと。彼は九十代だが、最近スマホを使い始め、娘にメールを送ってくるらしい。そのあたりからリークしている可能性はある。

　よく「あることないこと書かないでほしい」という言葉を耳にする。残念ながら、僕は直接言われたことがない。もし言われても、あることは書くが、ないことは書かないので、濡れ衣である。多少の脚色というか、誇張はあるかもしれない。それは、まあ、小説家なのだから、無意識に「盛る」ことがあっても不思議ではない、としておこう。

　書いちゃ駄目だといわれなかったので書くが、このまえ、スバル氏は「私、スパイダマンが嫌い」とおっしゃっていた。僕は、好きとか嫌いとかは思っても言わない。

18 本書のこと、作家・森博嗣のことについて、今さらだが書いておこう。

本書は、タイトルが「ツ」で始まるエッセィシリーズの第十一作である。毎年年末に文庫書下ろしで発行されている。いちおう重版になっているから、続いているシリーズだ。それから、著者の森博嗣は、実は小説家である。どこかにプロフィールが書かれているから参考にしてもらいたい。「ベストセラ作家」とか「人気作家」などと紹介されているものもあるが、本気にしてはいけない。少なくとも「自称」ではないのであしからず。

こういったことは、本来「まえがき」で書くべきことなのだが、十一作めともなると、マンネリを避けたい気持ちが強く働き、逆らうことができなかった。立ち読みする人は、ここまで読まずに本を閉じて棚に戻すだろう、と計算して今書いているわけである。そういう「流れ」の客は想定していないというわけでもないけれど、かといって歓迎しているわけでもないことは確かかもしれない。このあたりは、今後緊張感をもって注視したい。

森博嗣は、最近ほとんど仕事をしなくなった。現にこれを書き始めるまえの半年ほどは文章を書いていない。普段は本が出るより半年まえに脱稿する習慣であり、これを書いている今は三月だ。コロナは第五波、ウクライナが侵略されている。作家の仕事は、平均すると、一日三十分以下。ほとんどしていない。引退したも同然だし、事実、自分では引退したと思っている。引退したと書いたこともあるから、引退したと認識してもらいたい。

小説は一年に一冊か二冊しか出ていない。質素な生活を旨《むね》としているので、お金の使い道に困っている。それでも、これまでに書いた本の印税が何千万円も毎年いただける。自分の仕事に対する自信は皆無だが、沢山税金を払っていることだけが唯一の誇りである。

昨年から年金をもらえるようになった（共済年金だ）。毎年百万円弱である。これまで書いたエッセィが入学試験などに使われるので、それらの印税が年金よりも多い。最近は電子書籍の売上げが伸びていて、特にシリーズをまとめた合本が売れているので、金額が大きくなる。それから、オーディオブックという朗読音源もよく売れている。これまで書いてきたものだけで、充分に贅沢な生活ができる状況なので、働かなくても良い。

贅沢といっても、マクドナルドのハンバーガを三カ月に一度くらいドライブスルーで買ってくる程度だ。これは夕食である。ランチは、ほぼ毎日グラノーラにミルクをかけて食べている。ビスケットとコーヒーで済ませることもある。朝は食べない。外食はしない。洋服も買わない。趣味に一番お金をかけているけれど、最近は既に買ったもので楽しく遊べるようになった。ストレスもなく、のんびり静かに生きている。

19
「常識の範囲で」とかいわないで、ずばりいくらなのか決めてほしい。

これはどういう場合に出てくる言葉かというと、たとえば、なにかの謝礼を現金で手渡すような場合である。料金が決まっていない。また、強制されているわけではなく、支払わなくても良いのだが、周囲に聞くと、みんな「包んで持っていった」と話す。そうなると、払わないことが将来の不利益につながらないか、次から親切に対応してもらえないのではないか、と心配になる。払った人に尋ねても、「いやあ、いくらとかは、まあ、常識の範囲なんでしょうね」くらいにしか教えてもらえない。額が数千円の場合は、金額をこっそり教えてくれる人もいるが、数万円やそれ以上の単位になると、何故か言葉を濁す。日本人は、金のこと、金額のことになると、俄然口が固く、否、重くなる傾向がある。

これは、現金ではなく、なにか品物を買って持っていくときにも同じような問題に直面する。どれくらいの金額の品を選べば良いのか、という意味で、同じ状況といえる。ただ、品物の場合は、それが多少ぼやけて伝わるだけの話だ。

少なくても失礼だし、多すぎても余計な心配をかけることにならないか、と考えてしまうだろう。困った問題である。はっきりいって、このような問題で長時間悩みたくないだろう。最近はネットでこれらの情報が共有されるようになり、だいたいの相場を知ることができるので、この悩みは幾分は和らげられただろう。

本来、お金を渡してはいけない場合もある。法律で禁じられていたり、その界隈では厳格なルールが存在するようなところもある。それでも、そっと「気持ち」を伝えることが今でもまだあるはずだ。誰もが黙っているから、ちっとも明確にならない問題といえる。

わかりやすいところでは、結婚式や葬式で、袋に入れて現金を渡す習慣がある。これは禁じられていないようだ。いわゆる参加費みたいなものだが、金額が決まっていない。いくらにすれば良いのか非常に迷う。みんなと同じくらいにしたいが、みんなといっても、それぞれに関係の濃い薄いがあるだろう。親族ならいくら、友人ならいくら、先輩なら、後輩ならなど、相場が違いそうな気配である。いくらであっても文句はいわれないし、極端な場合、渡さなくてもべつに責められない。ただ、なんとなく気持ちが悪い。「あいつは、これだけだった」「あの人は、持ってこなかった」と陰で言われるのではないか、と不安になるのだ。いかにも日本人らしい曖昧で不明瞭な風習だといえる。

しかし、日本に限ったことではない。多くの国で、チップというものがある。海外に出かけると、どこでもこれを出さなければならない。常識の範囲はワールドワイドである。

20 「怠ける」という贅沢を買っている人がわりと大勢いるようだ。

「怠ける原因は、今怠けたら損だという理屈がわからない能力不足だ」という内容を書いたら、「この作家は、損をしても良いから怠けたいという気持ちがわからないようだ」という反発があった。そういう「気持ち」はわからないでもないし、そういう「病気」も実際にある。しかし、その気持ちや状況を正しく理解したとしても、理屈は変わらない。やはり、能力不足であることにはちがいない、といえるだろう。

損だとわかっていても、このままではいけないとわかっていても、どうしても動けない。そういう状況は往々にしてある。それを正当化する理屈も、多方面から考えればあるにはあるだろう。しかし、正当化したところで、なんの利益にもならない。それが「損」だといっているのが、僕の理屈だ。まちがっているとはいっていないし、軽蔑しているわけでも、差別しているわけでもない。単に、「損だろう」という予測を話している。

どうしても怠けたいという場合、それは「怠ける」という「贅沢」を買っている状態である。それが買えるのだから立派だと思う。経済的余裕がある人なら全然問題ない。羨ましい状況なのだ。買ったことを自覚しているなら、それは損では全然ない。それを承知で交換しただけだ。自分の金を出したのだから、その贅沢を気が済むまで味わえば良い。

僕は根っからの貧乏性なので、贅沢品を買うようなことはない。なにか判断に迷うような問題に直面したときには、経済的な収支と、安全か危険かの確率を計算して決めることにしている。ようするに、それが自分の「損得」だからである。自身の損得で行動するのは、動物の本能であるし、自然な態度だし、それが「素直」という意味だと理解している。

ゆったりと寛《くつろ》ぐだけならば、「怠ける」とはいわない。自身で自分の行為について怠けていると表現しているのは、やらなければならないとわかっていること、あるいは、やった方が自分のために得だということも理解しているからだ。だから、理解力が決定的に不足しているのではない。ただ、そうすることで決定的な損にはならない、きっと心配するほどでもない、今までも怠けてきたけれど、こうして生きていられる、との楽観的な観測がある。これは間違っていない。その観測力も備わっていると評価できる。ただ、心のどこかに、自分には起死回生の幸運が巡ってくると信じているのかもしれない。将来の小さい損よりも今の大きな得（怠けること）を選択している。実は、今の小さな得で将来の大きな損を導いているのだが、このあたりの予測精度に能力不足が認められる。どちらにしても、好きにすれば良いことであり、僕は指導や助言をしているつもりはない。

21 オリンピックが日本であったらしい。まったく見なかった。

どうも昨年のことらしい。一年遅れて開催されたようだ。べつに知らなくてもなにも不都合はなかった。僕の奥様（あえて敬称）はTVを見ていたらしいが、彼女の自室にはTVと炬燵《こたつ》があるのだ。僕は炬燵をもう四十年以上体験していない。

オリンピックはウィルス騒動で延期になったらしい。この種の脅威は今後もあるだろうから、良い教訓になったといえる。大勢が詰めかけた場所で、大声で叫んだり、騒いだりすることへの抵抗感が人々に少し認識されたことも嬉しい。そもそも、どうして同じ場所でスポーツを楽しまなければならないかというと、それは商売のためだ。そのことも、無観客のイベントが実施されて、ようやく理解が広まった。スポーツを観戦するときに飲酒をすることにも、批判的な目が向けられるようになった。まっとうな方向性といえる。

たとえば、このままでは喫煙がどこでもできたが、今は広い範囲が禁煙になった。同様のことが飲酒に対しても行われるだろう、と十年もまえに書いたが、健康被害に結びつくことに気づいた点は大きい。酒は静かに、少人数で嗜《たしな》むのが、本来の楽しみ方であって、大勢で飛沫を飛ばして騒ぐためのアイテムではないはず。それが、世界的な認識である。日本は「酔っ払い」に寛容な社会だったけれど、将来的な持続は難しいだろう。

さて、オリンピックだが、僕が子供の頃には、アマチュアのスポーツの祭典だった。つまり、プロのアスリートは参加できない決まりだったのだ。オリンピックの精神とは、この「ビジネスではない」という純粋さにあり、それがスポーツマンシップだったと理解している。その後、オリンピックはどんどんビジネス化していき、宣伝の場となった。「アスリート」という呼称も、つい最近広まったものだ。このままでこんな言葉は使われていなかった。まあ、クリエータとかアーティストとか、呼び名だけが目新しくなっているようだ。こういうのは日本が特に得意としている技であり、和芸といって良い。アスリートは、ほぼビジネスになり、現役ならスポンサがつき、引退してもタレントとして仕事ができる。なかには政治家に転身する人もいる。

人間の仕事は、どんどん機械やコンピュータに取って代わられるので、かつては遊び(芸術、芸能、スポーツなど)だった行為がつぎつぎと「仕事」として台頭する流れが続いている。その意味では、オリンピックの商業化は象徴的といえるだろう。嫌味に聞こえるかもしれないが、半分は嫌味である。愚にもつかないことをつらつらと書くだけで仕事になっているのも同様だ。あらゆる遊びが仕事になる時代なのである。

22

「平坦な道」だと、なんとなく後ろめたくなってしまう。

「けっして平坦な道ではありませんでした」という言葉は、なにかを成し遂げた人に対して、過去の苦労を讃《たた》えるために用いられる表現だ。競技で好成績を納めた人に対して使うと、過去に怪我などでブランクやスランプがあったことを示す効果がある。

陸上競技は、たいてい平坦な道で行われるが、スキー関係は平坦ではない。スケートボードなども、最初から平坦ではなくU字溝の中みたいな場所だから、「金メダルへの道は平坦ではありませんでした」といえる。こういうユーモアは通じない場合が多い。

平坦ではないのだから、勾配《こうばい》があったのか、それとも表面が凸凹《でこぼこ》だったのか、それとも泥濘《ぬかるみ》だったのか、そういった悪条件の存在を示しているわけだ。勾配でも下り坂だったら、これは好条件になるだろう。摩擦の少ない鉄道のレールなども平坦な道だが、エネルギイがさらに節約できる（現に、とんとん拍子に進むことを「レールに乗る」などと表現する）。そういった好条件の意味で、「平坦な道だった」は使われない。使ってみたら、面白いジョークになって、ユーモアが感じられると思うが、こんなことばかり考えている人間だと思われるだろう。どこかの哲学者の先生が思い浮かぶが、気のせいだろう。

　平坦な道であっても直線ではない場合も多い。この場合は「紆余曲折《うよきょくせつ》あった」などという。障害物が立ちはだかっているため、迂回《うかい》しなければならない。こちらの場合は、辛《つら》い時期を乗り越えたというよりは、当初予期しなかった事柄が発生し、それらの処置に時間がかかったような場合に使う。個人の努力を讃える場合にはあまり使われない。本人の努力では解決できない条件が絡んでいることを匂わせている感じである。

　進む行為に対する抵抗としては、道だけではなく「風」がある。平坦な道の場合は、「順風」になる。後ろから風が吹いていて、帆船だったら「満帆《まんぱん》」になる。そうではないときは、「逆風」という。向かい風のことだ。「横風」はあまり使われない。案外嫌なものだと感じるが、ヨットなんかは横風でも存分な推進力が得られるからか。

　さらに、「イバラの道」という表現がある。イバラというのは、つまり薔薇《ばら》のことだが、棘《とげ》がある道だ。どんな道なのかイメージできないが、地面に棘があるのだろうか。周囲に薔薇が伸びているのか。たしかに歩きたくない。いかにも英語から来たような表現だが、英語では、「岩の道」がこれに相当する。薔薇の道と直訳すると、香りが良い道だと誤解されるかもしれない。残念ながら、僕はそういう苦難の道を歩いた経験がなく、ただとぼとぼと足許《あしもと》を見ながら、転ばないように注意してここまで生きてきたように思う。

23 普通のものが嫌いになったり苦手になったりする主な原因は、敏感だから。

これは、まあ、普通の話である。苦手なものといえば、アレルギィだが、これも過敏な反応のことだから、つまり感じやすい性質が引き起こしている。僕は、子供の頃に、いろいろ食べられないものがあって、「好き嫌いは駄目」という大人の圧力に悩んでいた。給食にも食べられないものが多かった。無理に食べようとすると吐き気をもよおす。その主な理由は、味というよりは、その食物の匂いだった。匂いが強すぎて我慢ができない。

今でも、匂いには敏感な方で、たとえば、香水などはまったく受けつけない。洗剤や消臭剤の匂いも駄目だ。化粧品売り場へは近づけないし、満員電車や人混みも空気の匂いが耐えられない。また、音にも敏感な方で、周りの誰も聞こえない音が聞こえたりする。三十メートルくらい離れた別室でテープレコーダが唸《うな》っている音や、蛍光灯の音が聞こえて、その部屋まで消しにいったことがある。オーディオアンプが趣味なのは、この音のためかもしれない。さらに、視力も良い方だ。最近は二・〇がやっと見えるくらいに落ちてきたが、子供の頃は遠視だった。四・〇くらいは確実にあったのに、測定してもらえなかった。キャンプで山などへ行くと、夜空の土星の輪が見えたことがある。あれが見えると六・〇らしい。目も耳も鼻も、歳を取ってだいぶ衰えた。今では、食べられないような嫌いなものはほとんどない。ちなみに、スイカが嫌いなのも匂いのためである。

大人は、子供よりも感覚が鈍感になっている。それなのに、子供が食べられないものを、我儘だと決めつけることに大いなる抵抗感を抱いていた。そういう子供だった。

この原理は、視覚、嗅覚、聴覚だけの話ではない。たとえば、想像力や理解力などでも、ほぼ同様のことがいえるだろう。なにか嫌いなもの、苦手なものがあるとき、それはその人だけが想像できる感覚、理解できる理屈があって、それに対する違和感が原因であることが多い。「感情的だ」と一方的に非難するのではなく、よくその人の話を聞くべきだ。ただ、本人でさえ説明できない場合も多いし、たとえ言葉にしても、そもそも想像や理解の能力が不足している人には伝わらないから、共感はまず得られない。したがって、共感できない場合であっても、その人の苦手意識を尊重するのが大人の対応だと思われる。

みんなと違っている傾向を捉えて非難するのは、最近では完全に「悪」となった。それは「差別」とか「迫害」と呼ばれる。また、敏感から鈍感までの一次元的な差だけではなく、感覚も能力も、多次元に分布するものであり、人それぞれで異なっている。それを中央に近いか遠いかで評価する姿勢が、前世紀後半から問題視され始めているのである。

24 どうしようもないときに、「どうしよう？」と言っても遅い。

「どうしよう？」と嘆く場面の八十パーセントは、どうしようもない事態である。何故かというと、どうにかする方法があるときは、「どうしよう？」などと口にしない。すぐにその対処に取り掛かるのが普通の反応だからだ。どうしようもない場合であっても、少し視点を変えるとか、ある程度の犠牲を認めるなど、考え方を変化させることで、だいたいはどうにかなる。ただし、以前の状態、つまり問題なく良好に物事が運んでいた状況に戻ることはないので、その意味では、どうしようもなかったことはまちがいない。

ようするに、完全に挽回《ばんかい》する手立てがなくなったときに、「どうしよう？」と途方にくれるのだ。たとえば、赤信号になったくらいで「どうしよう？」と言う人はいない。信号無視するか青になるのを待つかの選択肢があるためだ。さらに、「どうしよう、間に合わない」と嘆くときには、既に間に合わないことは確定しているので、どうにかして間に合わせる方法はほぼ存在しない。例外的に、問題を解決できる手法が残っている場合もあるけれど、その選択は、高価であったり、酷く困難で苦しいものだったり、あるいは、他者の援助が必要だったりするため、選びにくい。

さらに、その問題の解決を諦める、という方法が最後に残されているが、その選択は、「どうしよう？」という疑問の中に既に含まれていて、これが、残りの二十パーセントの選択になる。「もう、諦めるしかないよね」という判断である。

さて、もう少し考えるならば、そもそも、この「どうしようもない」場面に至らないことが重要な点だと理解できるだろう。そんなことは結果論だ、と反発されそうだが、ほとんどの危機は予測ができるのも事実で、どうしようもない場面にあらかじめ備えておくことで、「どうしよう？」と言わずに済む。これを可能にするのが人間の想像力である。

人生相談などで、「どうしたら良いでしょうか？」と切実な問題を語る人がいるが、本人は「どうしようもない」と既に感じている。しかし、人から「諦めなさい」と言われるのを待っているか、それとも自分が一番やりたくない面倒な選択をするか、この二者選択になる。本来は、そんな悩みを抱えるより少しまえに手を打つべきだったことは明らかであるから、このような人生相談を傍観している第三者は、我が振りを直すわけだ。

人生において、どうしようもない事態を何度も乗り越えてきた人ばかりが、今現在生き残っていることはまちがいない。どんな大問題も、つまりはどうにかなったということだ。したがって、「どうしよう？」の問いの答は、「どうにかはなる」である。

25 インフレだ、デフレだ、と騒ぐほどのことだろうか？

僕が子供の頃は、もの凄いインフレだった。いろいろなものがどんどん値上がりしていた。たとえは、小学生のとき十円で乗れたバスや地下鉄が、大学生のときにはその十倍以上になっていた。なかでも、土地の値段は鰻登り《うなぎのぼ》り（不適切な表現？）で、小学生の頃に、僕の親父が五百万円で購入した土地が、大学を卒業した頃には五億円になっていた。

しかし、インフレはやがて勢いがなくなり、知らないうちにデフレに転じた。土地の値段はじわじわとまだ上がり続けていたけれど、たとえば、衣料品はどんどん安くなり、電化製品など、生活に必要なアイテムは値段が下がった。海外旅行ももの凄く安くなった。

僕が若い頃には、スーツは十万円近くした。だから、「一張羅《いっちょうら》」といって、ずっと同じものを着ていた。それが二万円くらいにまで下がったのは最近のことだ。小説家としてデビューした頃は、まだ五万円くらいだったから、犀川《さいかわ》先生が五万円の安物のスーツを着ていると書いたのだが、最近、「森博嗣の金銭感覚はやっぱり庶民と隔たりがある」などと文句をいわれてしまった。パソコンはセットで百万円はした。テレビやカメラも十万円以上していた。今世紀になって、海外製品が市場を席巻《せっけん》し、デフレを促進した結果が今だ。このおかげで、日本のメーカの多くがほぼ壊滅状態となってしまった。

食べるものも、僕が若い頃と比べると安くなっている。外食も値段は下がっていたように思うし、確実に美味しくなっていた。

けれど、もう安い労働力を使うグローバル化も頭打ちになるはずだし、世界の人口が増えているのだから、インフレに転ずるはずだ、と今世紀初頭に僕は考えた。ちょうど作家になって使いきれない資金を得たので、この見込みに従って、土地を幾つか購入することにした。でも、その後もさほど土地は値上がりしていない。トントンである。

つい最近になって、ウィルス騒動やウクライナの戦争などの影響で、やっとインフレのムードに変わってきたようだ。そもそも、僕はなんでも気が早すぎるのかもしれない。

インフレの世の中では、金《かね》ではなく物を持っている方が得である。断捨離して物を整理してしまった人は考え直すことになるのだろうか。いろいろなものが、必然的に値上がりするはずだが、異常なことではなく、これまでが不自然だった、と思った方が良いかも。

環境を維持するために、エネルギィはどんどん高くなる。これに伴って、食べるものもどんどん値上がりする。世界中の人たちが平均的に美味しいものを食べられるようになるのだから、当然の成り行きだ。いずれにしても、騒ぐような事態では全然ない。

26 「ばらまき」には、単に配布するよりも悪い語感があるのは何故？

政治が庶民に金を「ばらまく」機会が最近目立ってきた。これまでは税金を取ることを免除する「免税」が票を得る有力な手法だったのだが、それがエスカレートした結果といえるかもしれない。給付金を出すという候補に投票するのは賄賂《わいろ》にならないのだろうか？

「ばらまく」という言葉は、どこか目的のある場所に集中的に投入するのではなく、広い範囲に散り散りに投げる行為を示している。たとえば、節分の豆を投げるときは鬼に向かって投げつけるようだが、鬼がいなければ、ばらまくしかない。名古屋の田舎では、息子が結婚して嫁を迎える家が、屋根の上から饅頭《まんじゅう》やお菓子をばらまいて近所の人がそれを取りに集まるという風習があった。これらは、けっして悪い印象のものではないのに、何故か最近の「ばらまき」は綺麗よりはやや汚い方へ針が触れた印象の言葉になったようだ。

この「ばら」は、「ばらばら」という言葉と同じで、花びらがはらはらと散る様を表しているようだ。分解することを「ばらす」というし、暴露するときにも使う。鉄道の線路の下に撒《ま》かれている砂利を「バラスト」と呼ぶが、これは英語なので無関係である。あれは、船のバランスを取るために、船の中に積んだ砂利から来ているらしい。

補助金と呼ばれるものは、以前から存在したわけだが、「ばらまく」と呼ばれることはなかった。最近になってこの言葉が使われ始めたのは、本来、なんらかの被害を受けたとか、困窮している少数の人をピンポイントで助けるためだったからだ。だからなのか、助成金という呼び方も使われる。学費を援助する奨学金などもこの部類だろう。

日本の役所というのは、市民を把握していない。つまり、統一のデータを持っていない。したがって、これまでの助成、補助、免税などはすべて申請させていた。申し出てきた人たちにだけ給付していたわけだ。だから、「全員に」となると途端に困る。マスクを配るときだって大騒動だった。政府は、それぞれ地方の役所に指示するだけで良いが、現場は大変である。マイナンバカードを何年もまえに始めたのに、国民の銀行口座さえ把握していないから金を振り込むこともできない。これまでだったら、「役所に取りにきて下さい」となっただろう。それでもパニックに近い状況になるし、重複しないか、本人なのか、といった確認作業をするにも能力不足だ。一人ずつ丁寧に手渡すならば、「ばらまき」ではなかったかもしれない。まるで高いところから紙吹雪のように撒き散らしたから、こんな形容になったのではないか。問題なのは、未《いま》だにシステムが改善されず、同じことを繰り返すしかない点である。税金は、ばらまくためにあるのではないはずだ。

27 格差社会を解決するものはヴァーチャルしかない？

「格差」というものが何故生まれるのかといえば、人間がそれを望んでいるからである。誰もが、人よりも上位に立ちたいと思っているし、人から羨《うらや》ましがられる生活がしたいと願っている。その欲望が経済を回しているのだから、必然的に格差は至るところでどんどん生産され続ける。そして、あまりにもそれが拡大し、不均衡になったとき、戦争、革命、暴動などの暴力的な騒動に発展し、社会がリセットされる。歴史はこれを繰り返している。だから、そういった暴力的な解決を避けるための仕組みがいろいろ模索された。それが慈善であり福祉である。金持ちが貧しい人のために寄付をしたり、公的なバックアップで恵まれない人たちを助ける。ただ、格差を消すほどの効果はまったくない。努力をしているという姿勢、気持ちを示して、ガス抜きをするだけだ。

気持ちだけでも救おう、とするこの方向性は、既にヴァーチャルの領域だといえる。ヴァーチャルの中で生きれば、貧しい人であっても、比較的簡単に救われる。物質的なものではなく、精神的な救いではあるけれど、考えてみれば、精神的な作用がアイデンティティの基本であり、「そんなものは虚構だ」と否定する方が、むしろ非現実的である。

既に、このパラダイム・シフトは二十年ほどまえから起こっている。多くの若者が、ゲームに夢中になり引き籠もるようになった。その後、スマホの普及で、さらに大勢がヴァーチャルの中で生活するようになった。今はまだ、現実をネタにして少し盛ってSNSで誇示する程度だが、各種のアプリがリアルを修正し、装飾し、ときにほとんど変更して、新しい自分を作り出す。そうしたアバタを介した人間関係がじわじわと広がっている。

ヴァーチャルでは、誰もが自分のなりたい人間になれる。現実の環境に引きずられないし、経済的な負担も比較的少ない。時間と労力は必要だから、苦労はそれなりに伴うが、生まれながらの格差をリセットできる点が大きな魅力となる。このような「盛りたい」需要にビジネスが注目し集まってくるから、あっという間にヴァーチャル社会が幾つも台頭するだろう。エネルギィ的な制限がなく、また、太鼓持ちのような仲間たちをAIが創出するから、周囲の人間との軋轢《あつれき》も緩和される。誰もが自分が大将になれる。大きな満足が得られる社会が見かけ上成立することになるだろう。実に平和な状況といえる。

未来の話ではない。街を歩く大勢の人が片手にスマホを握っている。一日中、それを手離さない。リアルに生きているのは、食べて、寝て、トイレにいく、ワクチンを打つ、災害を心配する「肉体」だけであって、頭脳は既にヴァーチャルにシフトしているはず。

28

政治家が最も馬鹿に見えるのは、当選して万歳するシーンである。

選挙というのは、有権者の支持の多さを調べる「調査」である。何を勘違いしたのか、政治家はこれに「戦い抜こう！」と雄叫びを上げるのだ。そもそも勝ち負けでもない。みんながどうしてもらいたいのか、を調べるために選挙がある。選挙の票を集めるのは、人々から投資してもらうようなものだ。沢山資金を集めた人が、事業を始めることができる。選挙での当選とは、人々から託された事業をスタートさせることであり、いうなれば、これからその借金を返していく働きをしなければならない状況といえる。万歳している場合ではない。どん底からのスタートなのだ。もし万歳をしたかったら、公約をきちんと実行し、任期を満了して引退するときが相応しいだろう。なにもしていないうちに万歳するなんて、どういった了見なのだろうか？　もしかして、就職が決まって、給料がもらえる立場になったことが嬉しいのだろうか？

たとえば、開店するときに集まった出資者の前で店主が万歳していたら、愛想を尽かされるだろう。人から金を借りることができたとき万歳したら叱られるのでは？　期待に応えなければならないときに、何故万歳ができるのか、そこがずいぶん不可解なのだ。

似たものに、大学入試などの合格がある。あのときも、合格した人は万歳をする。塾の応援団が集まって万歳三唱しているシーンもある。これまでの努力を讃えているのだから当たり前のように見えるかもしれないが、よく考えてもらいたい。入学が許されただけで、合格はゴールではなく、スタートである。その点で、選挙の当選と類似している。

本人も勉強し、また家族もそれを支えた。その大学に入学してから、その期待に応えることが入学の目的である。合格するために勉強したように誤解している。大学は、入学するために存在するのではない。万歳をしたいなら、卒業するときの方が相応しい。

「門出を祝う」という風習が日本にはある。旅に出る人に万歳をすることがあった。徴兵されて戦争に行く人にも万歳をした。これは、期待を込めるという気持ちだろう。だが、本人は万歳をしない。見送る方がするものである。当選した政治家でも、本人が万歳をしていない場合も稀《まれ》にある。意味がわかっている人ならできないはずだ。選挙運動をしたスタッフは万歳したくなるかもしれないが、本来は支持者が喜ぶべきであるし、また、やはり期待に応えたときに初めて万歳ができる、というのが道理だろう。

衆議院が解散するとき、国会で議員たちが万歳をする習慣があるようだ。任務終了であるから、選挙当選時の万歳よりはましだが、国民は首を傾げるだろう。

29 「寸暇を惜しまず働いた」という誤用が近頃多いけれど、耳ざわりが良い？

もちろん、「耳ざわりが良い」も間違い。そんな日本語はない。正しくは「耳障り」であり、良いも悪いも伴わず、それだけで「喧《やかま》しい」という意味だ。

これと同じく「寸暇を惜しまず」という言葉も、つい聞き流して（読み流して）しまう滑らかさがある。だが、「寸暇」とは僅《わず》かな暇のことであり、本来の使用法は「寸暇を惜しんで働いた」である。ちょっとした暇も惜しい、少しでも時間があったら働く、が本来いいたかった意味のはず。「寸暇を惜しまず」となると、少しの時間を大切にしないで、だらだらと無駄遣いしながら働くことになって、意味が全然わからない。

「骨身を惜しまず」という言葉があるので、これと混ざってしまったのだろう。同じく、「労苦をいとわず」もある。「いとう」は、漢字で「厭う」と書くように、嫌うとか避けるという意味だから、方向性として「惜しむ」と同じである。

言葉というのは、だいたいがオーバであり、どんどんオーバな方向へエスカレートする。「全身全霊を捧げる」とか「不退転の決意をもって」とか「最大限の遺憾の意」など、政治家が毎日どこかで発言している修飾語も、聴き慣れてくるとインパクトが弱い。

このような慣用句は、ときどきふと現れて、ちょっとした非日常を演出する点では、スパイスの効果がある。小学校のときの運動会で選手宣誓なるものがあって、「正々堂々」など、普段使ったことも聞いたこともない言葉が出てきて、印象に残ったりする。関取が大関や横綱に昇進するときも、故事に由来する言葉を持ってきたりする。なにか人前で挨拶をする羽目になったときは、一箇所だけ、このような聞き慣れない言葉を混ぜておくと、「あいつは、なかなか物知りだな」と見られること受け合いだ。事実、ほとんどの人がこれを実行しているので、本に書いてあるようなお手本をそのまま使うと恥ずかしい。

ところで、この「寸暇を惜しんで」のあとに続くような行為を僕はしたことがない。三十代までは煙草を吸っていたので、寸暇があったら喫煙していた。この状態は、寸暇を惜しんで煙草を吸っていた、といえるだろう。煙草をやめた頃には、大して忙しくなくなった。作家になっても、寸暇を惜しんだことはないし、煙草が吸いたくなったこともない。

僕の文章の書き方は、短い時間にさっと書いて、すぐに別のことをする、という手法なので、傍《はた》から見れば、寸暇を惜しんでいるように見えるかもしれないが、そうではなく、寸暇しか仕事ができない、いわば多動症に近い。長い時間、同じ作業に集中できないのである。今はほぼ一日中が暇な時間になったので、寸暇というものも消滅してしまった。

30

邪馬台国《やまたいこく》は九州にあっただろう、と小学生のときから確信していた。

この種の本が好きな方なので、子供の頃から何冊も読んでいた。僕が子供の頃には、TVでもときどきこの議論があって、どちらかというと大和朝廷《やまと》と同じく、奈良の近辺にあったという説が有力のように受け止められていた（と僕には感じられた）。もし九州にあったなら、その後にもう少し規模の大きな遺跡が出てきても良さそうだし、どうして急に奈良や京都へ権力の中心が移ったのか、という説明が難しいためだった。

小学生の僕が考えた説は、卑弥呼《ひみこ》のいた邪馬台国は全然日本の中心というわけではなくて、同程度の国が沢山ある中の一つにすぎなかった。たまたま女王だったし、朝鮮半島に近かったから、中国からみて目立っていただけだろう、と勝手に考えていた。自分でなにかを調べたことはない。奈良の飛鳥《あすか》地方へ散策に出かけて、石舞台《いしぶたい》を見学した程度だ。

最近、邪馬台国はほぼ九州にあると断定できる、と書かれた本を読んだ。非常に科学的に証明されているので納得がいく内容だった。これによると、奈良説というのは、邪馬台国は奈良にあってほしいという願望が生み出したもの、とある。サモアリナン諸島だ。

この本を読んでいた最中、どこかで読んだことのある引用文に行き着いた。「おや、これは僕が書いた文章みたいだ」と気づき、少し前に戻って確かめると、森博嗣の本から引用されている。僕は固有名を飛ばして読む癖（あるいは習慣）があるため、自分の名前や書名なども飛ばして頭に入れずに文章を追っていたのだ。何が引用されていたのか忘れてしまったが、たぶん科学の再現性についての文章だから、幻冬舎新書だろう。

この本の著者は、「邪馬台国は九州にある」と断定しているわけではなく、「九九・九パーセントの確率で九州」と述べられている。この点も科学的で説得力がある。その数字の根拠となる計算ももちろん示されている。だが、文系の人は、「九州での出土数が多いというだけで九州だと断言できるとは思えない」と批判するのだろう。その批判が正しい確率を、数字で示していただけると、もう少し説得力があるが、いかがだろうか。

卑弥呼という名前は、不思議な響きがあって、日本人の多くが心に刻んでいるはずだ。この漢字は、勝手に中国人が当てたものだから、実際の発音がどうだったのかは、かなり幅がある。ピビカとか、ヒビコとか、諸説ある。だいたい、名前かどうかもわからない。なにかの役割の名称だった可能性もあるし、王様が別にいて、その巫女の役目の人物だったのかもしれない（これは可能性は低そうだ）。日本風のことを「和風」というが、魏志倭人伝にある「倭」は差別的なので、のちに「和」に変えたという説が有力らしい。

31 歌詞の中で、単語に長音が入っても意味がわかるのが日本人の能力?

有名なのは、「重いコンダーラ」であるが、これは興味のある人は検索されたい。「ホタールの火かアリ、窓の勇気」は既に書いたことがあるかな。ようするに、日本語で歌をうたうとき、メロディに合わせて言葉が伸びる場合があって、別の単語になってしまうのに、何故か日本人はちゃんと理解できるという不思議さのこと。留学生で日本語を勉強している人には、歌を聞いてもまったく意味がわからなくなるのだ。

たとえば、「葉あるの小川は」だと思った、と聞いたことがある。たしかにそう歌っているのだ。「もしも、ピアノがヒケーターならのヒケーターってどんな楽器ですか?」なんて質問されたこともある(注:森博嗣的には「ヒケータ」であるが、発音は明らかにヒケーターなのでママとした)。「やぎりのうわたあし」もわからないという。「ワタ足っていうのは、柔らかい足のことでしょうか?」ときかれた。これは、カラオケが流行った頃に、留学生を連れていったためで、当時は歌詞がモニタに表示されるような設備がなかったのだ。心配にならないだろうか?　僕はけっこうこの事態を心配していた。今はそれほどでもない。どうでも良い話ではある。でも、日本人が気づいていないのは確か。どうしてこういうことになるのかというと、メロディというものが西洋から入ってきたものであり、それに無理に日本語を乗せてしまったせいだろう。昔から、「あんたがたどこさ」とか「とおりゃんせ」といった歌では、こういった無理が比較的少ない。

長音だけではない、普段とは違うアクセントになるものも非常に多い。戦友という軍歌で、「時計ばかりがこちこちと」という場面で、この「こちこち」が変だ。そんなふうに時計はこちこちいわない、と子供の僕は違和感を抱いてしまった。たしか、アイ・ジョージが歌っているのをTVで見たときだ。だいぶ昔だが、「先生、先生、それは先生」という歌謡曲があった。これは関西の人の「先生」だとアクセントが合わない。

この頃は、日本人が歌っている日本語の歌を聴いていても、ほとんど何を言っているのかわからない。言葉が聞き取れない。英語で歌われているものと同じくらいの理解度になるので、それはそれで「音楽には国境はない」っぽい気もしていて、悪くはない。

「サンダバーズ、アーゴー」はまえにも書いた。どう聞いても「サンダーバード」ではない。しかし、NHKで放送していたこの人形劇は、日本語の歌がそのあと続くのだ。そして、「サンダァーバードー、青くー光るヒーローいウチューー上」と歌う。「スーパ」を「スーパー」と伸ばしてしまった日本語の受難がここにあるだろう。

32 誰よりも早く作ったけれど、まだ一度も使っていない僕のマイナンバカード。

マイナンバカードが発表になったとき、ようやく日本の役所もきちんとＩＴ化するな、と喜ばしかった。僕は自分と奥様（あえて敬称）と長女の三人分の手続きをネットで行い、すぐにカードを取得した。五年以上もまえのことだ。ところが、その後の五年間、このカードを一度も活用していない。つい最近になって、カードに埋め込まれているチップの更新をしてくれと連絡があって、また書類を書いて代理人に役所へ行ってもらった。

マイナンバは、日本人の一人一人にナンバをふって、このナンバによって、戸籍あるいは納税などのデータを一括管理するためのものだ。今までこれをやっていなかったことがそもそもおかしい。蛇足だが、「マイナンバ」という名称もおかしい。「あなたのマイナンバを教えて下さい」と英語でいってみればわかる。

僕は、現在自分の住所を非公開にしている。まえのまえの住所のとき、頭のおかしいファンが真夜中に侵入して警察を呼ぶようなことがあった。だから、このような個人情報が大勢に知られることに注意を払っている。仕事で多数の出版社と取引があるけれど、いずれにも住所を知らせていない。荷物を受け取るときは、三箇所ほど中継地を経由させて受け取っている（転送に二週間ほどかかる）。それでも、連絡はメールでできるし、印税などは銀行へ振り込まれるので、まったく仕事に支障はない。

マイナンバカードを取得したら、もうそのナンバを知らせるだけで、源泉徴収などの手続きもできるはずだから、さぞかし便利になるだろうと期待していた。各出版社から「マイナンバを知らせてくれ」と尋ねてきたら、もちろん知らせるつもりだった。しかし、蓋を開けてみると、各出版社からの連絡ではなく、出版社が委託した知らない業者から郵送の手紙が届いた。マイナンバカードの申請書類である。そこには、マイナンバカードの表裏のコピィと、免許証や健康保険証のコピィを貼りつけるように指示されていた。

とんでもない話である。何のためにマイナンバカードを作ったのか？　どうして怪しげな別の機関に知らせなければならないのか？　何故、免許証まで必要なのか？　せっかく電子化するのに、何故コピィなのか？　馬鹿馬鹿しいにもほどがある。

というわけで、一切拒否することにした。五年間なにも応えていない。でも、印税は振り込まれているし、納税でも問題はない。マイナンバカードはなくて済むことが判明した。日本の役所は、またも電子化の機会を台無しにしてしまったのだ。「住民票も取れます」と宣伝しているようだが、どうして住民票がまだ必要なのか、と考えてほしい。

33 「戦争を語り継ぐ」という場合、何故か日本人は被害者になっている。

日本のマスコミは、今や機動力がまったくないので、過去の事件の「記念日」に向けた特集記事しか用意できなくなっているようだ。まあ、現場の映像は素人に任せられるとの判断かもしれない。災害や事故なども、毎年同じ話題を思い出して伝えようとする。「記憶を風化させない」という役割は、たしかにマスコミの使命の一つであるけれど、それは、同じ日にちに、ただ思い出すという墓参りのような儀式になっていないだろうか。そうではなく、悲惨な結果になった原因、理由、そしてどんな対処をしたか、どのようにこれから防ぐのか、といった取材をすることに、もっと労力を傾けるべきだと思われる。「悲しい思い出」を取材にいくだけで満足しないでもらいたい。それは、「風化させない」という意思と、大きくずれていると僕には感じられるのである。

八月初旬になると、戦争の悲劇を思い出そうという番組が増える。既に七十七年も経過しているので、当時のことを語れる人も少なくなった。戦争体験を今の若者たちに語ろうという運動は、細々とは続いているけれど、その多くは、爆弾を落とされ、住んでいる場所が破壊された、あるいはアメリカ兵や飛行機からの銃弾が迫っていた、といった「被害体験」である。「加害体験」をした人が生き残っていないので、大半がそうなるのは理解できるけれど、そもそも戦争というのは、一方的に被る害ではない。

日本の軍隊もまた、他国へ乗り込んでいき、街を焼き、爆破し、人々を多数殺しているはずである。戦争というのは殺し合いなのだ。けれども、かの地での被害体験を、日本のマスコミは取材しようとはしない。これでは、戦争が単なる自然災害のような、悲しむだけのものとして捉えられかねない。たとえ自然災害であっても、何故被害を最小限にできなかったのか、また、これからも同じ被害を出さないために、どんな方策が考えられ、どのような整備がされているのか、を伝えることが大切である。戦争は、自然災害ではないのだから、もっと根本的な原因究明、そして平和維持の方法のさらなる改善をリアルタイムで報じることこそが、「風化させない」という意味にほかならない。

穿った見方をするなら、お涙ちょうだいのエンタテインメントとも解釈できてしまうのが、現在のマスコミの姿勢である。ただ、視聴者がうんうんと頷きたいものだけを作り、共感を呼ぶものだけを報じる傾向が強くなっている。視聴者が首を横に振り、反発するようなことがあっても、詳細に調べて、正しく報じなければならない。「事実」に迫る姿勢を示してもらいたい。それが「報道」という行為の本来の使命ではなかったのか？

34 日本語の最大の特徴は、「主語がない」という点である。

「やっただろう？」「やっていません」というようなシーンが刑事ドラマで見られるはずだ。これが英語だったら、「You did?」「I didn't」のように主語が必ず入る。これは直訳すると、「おまえだろう？」「俺じゃない」という具合になるが、日本人はこんな風には話さない。歩いている近所の人に、「どちらへ行かれるの？」と尋ねたとき、「誰が？」と問い返されるようなことは日本では起こりえない。ようするに、主語というのはわかりきったものである、との認識の上に立っている。

僕は、「どうしたんですか？」と尋ねられたら、「何が？」と主語をきく癖がある。しかし、普通の日本人なら、「どうもしていません」とすぐに答えるところだろう。

日本語には、主語を表す「は」や「が」などの「助詞」があるから、主語がどの位置に来ても意味が通じる。だから、これを省いてしまっても会話ができるようになった、との指摘もある。「てにをは」の助詞については、普段の一般的な会話では、どんどん省略されているのが実情で、特に子供や若者は、ほとんど助詞を使わないように観察される。

　また、日本には複数形が定着していないので、「私たち」とか「我々」を一般の会話ではほぼ使わない。「行こうか？」と誘う場合には、「私たち」が主語であるが、意味的には、「あなたは私と一緒に行きますか？」と尋ねているはずで、私とあなたが、一つの主語になるという感覚がそもそもない。これは、「みんな」とか「皆さん」という言葉が存在することでも明らかだ。英語には、逆にそういう言葉がない。

　主語が省かれるのは、神様に支配されてきた古来の文化の名残《なごり》かもしれない。英語では、「良い天気だね」にも主語の「it」が必要だが、日本人にしてみると、「何なんだ、そのitは？　何を示しているの？」と不思議に感じられる。日本では、「気持ちが良いね」と呟けば、それは天気もそうだし、発言者も相手の人も主語になりうる。「広島に原爆が落ちた」と日本人は口にするけれど、「アメリカが」という主語は語られない。

　明治になって、西洋の文化が押し寄せたことで、「それ」という代名詞が主語として頻繁に使われるようになった。また、「彼」とか「彼女」などという言葉も広まった。相手の意見を聞いたあと、「それは間違っている」などと反論するのも、英語的であり、日本語にはなかった形だろう。「間違っている」といえば、意見のことも、意見を述べた「君」も、どちらも間違っていることを示した。話す人と話す内容も区別しなかった。英語での議論はここが厳密であり、また議論のときに人格を攻撃しない機能も備えている。

35 「可愛い機関車だね」と君が言ったから、今日は機関車記念日？

自分が興味のあるものに対する他者の意見は、印象深く記憶に刻まれるものだ。「あ、興味を持ってくれたのだ」と嬉しくなる感情が、記憶を鮮明にする。これは、褒められた場合でも、逆の場合でも、ほぼ同じである。ただ、その意見を口にした人が、大切な人である場合に限られる。関係の薄い人間の意見は、比較的軽く無視されるだろう。

一方、自分が興味を持っていないものは、親しい人からどんな評価を受けようが、たいして記憶に残らない。これは普通のことのようだ。聞き流される傾向にある。

たとえば、僕と僕の奥様（あえて敬称）を例に挙げると、二人は興味の対象が悉《ことごと》く異なっているため、相手がなにかの拍子でちょっと口にした評価を、お互いが自分の興味対象だけは記憶に留め、それ以外は発言したことさえ忘れてしまうため、「言ってたじゃない」「そんなこと言ったっけ？」という話になり、まるで嚙み合わない事態に陥る。

僕の模型を眺めていた奥様が、黄色いタンク車を指差して「これ、可愛いね」と言った。ああ、そういうものが好きなんだ、と僕は心に留めて、それ以後、同じような車両を増強したのだが、彼女は気にもしていない。そう、たまたま機嫌が良かったし、たまたま目についたものを褒めただけで、話したことさえ意識していないのだ。同様に、たまたま腹が空いていたかなにかで、「美味しいね」と僕が言ってしまった料理が、何度も繰り返し出てきたりする。僕はまったく覚えていないし、同じ「名称」であれば好きだというわけでもなかったりする。「行き違い」というのだろうか。両方とも悪気があるわけでもなく、故意でもないのだが、そのうち小さな不満に発展する火種になりかねない。

まえにも書いたが、奥様が「あの車が好き」と指摘する場合、それは車種でもなければ、スタイルでもない、なんと、車の色のことだったりするのだ。「色で、車の好き嫌いが決まるのか！」と叫びたくなるのだが、そういうこちらもエンジンの気筒数とかサスペンションで車を選ぶ傾向があるので、どっこいどっこいかもしれない（形容が不適切？）。

抽象化すると、誰もが自分の興味があるジャンルでは、自然に敏感になっているということである。敏感になっているがために、僅かな刺激に強く反応してしまい、印象深くなる。逆に、興味のないジャンルでは、相手が強いシグナルを送ってきても、聞き流してしまう。親しい人が何が好きで何が嫌いかを覚えようとするとき、実は自分の好き嫌いによってフィルタがかかる、という現象を認識する必要があるだろう。まあ、それで人間関係が上手くいくとはかぎらないし、そもそも感覚を修正することも難しいけれど。

36

せっかくなので、僕が「積み木」について思うことを書いておこうか。

何がせっかくなのか不明だが、おもちゃの積み木についてである。最近はブロックの方が一般的かもしれないけれど、僕が子供の頃のおもちゃの定番は積み木だった。僕も幼児の頃からこれで遊んだ。というよりも、それ以外にはおもちゃらしいものはなかった、と思う（あっても高価で買えなかっただろう）。さまざまなプロポーションの直方体の木材のセットが売られていた。デパートのおもちゃ売り場には、必ず積み木のコーナがあった。カラフルな着色は、もう少しあとになってからのもので、もともとは白木のままだった。円形（円柱体）や三角（三角柱）も珍しかった。遊び方としては、ただ積むだけである。積むだけで、お城になったり、自動車になったりした。子供の想像力というのは、大人をはるかに凌ぐ。色や形は、想像力で完璧に補完されるのである。

僕は、構造物を作っておいて、そこへ積み木を滑らせてぶつけ、その構造物が壊れるのを観察するのに夢中だった。構造物を作るときは、どうすれば攻撃に耐えられるか、と考えていたし、ぶつけるときは、どこを狙えば効果的かを考えた。三歳にならない頃のことだから、もちろん、そういった目的意識を誰かに言葉で説明することはできなかったが、たしかにそのように考えたことを覚えている。のちのち、構造力学を学ぶようになったのも、今にして思えばリンクしているが、それほど強く意識したことはない。

小学生になると、ブロックが買ってもらえた。一年生の後半だった。プラスティックのパーツで、突起があって、穴もあいている。それを差し込んで組み立てる。レゴとはまったく似ていない別の国産製品だった。このときは、自動車を作って、やはり高いところから落として壊れない性能を追求する遊びをしていた。母に二つの自動車を見せ、同じような形に見えても、実はこちらの方が強度が高い、という説明をしたことを覚えている。母は、「あそう」と頷いただけで理解しようとはしなかったが。

妹が生まれたので、ダイヤブロックなるものも買ってもらえたが、その頃にはプラモデルに夢中になったため、あまり遊ばなかった。僕が積み木でよく遊んだのを覚えていた母は、孫が生まれたときに積み木をプレゼントしてくれたが、残念ながらまったく遊ばなかった。もっと魅力的な機関車やロボットがあったからだ。相対的に魅力がない。

つい数年まえ、初めてレゴを自分で買って、ポルシェとミニクーパを作った。組み立てるものが決まっている製品なので、ブロックというよりはキットだ。もちろん、自由に作ることもできるが、説明書のとおりに作る人がきっと大部分なのは、少し残念である。

37 マスクをしているとコミュニケーション不足になる、という懸念があるそうだ。

顔がよく見えないから、笑顔なのか不機嫌なのかわかりにくいという。それはそうかもしれないが、どうしてそれがコミュニケーションなのか、という疑問と、コミュニケーションがそんなに大事なのか、という疑問を抱く。言葉が通じない幼児ならば、顔が見えた方が良いけれど、普通は言葉でコミュニケーションを取れば充分だ。たとえば、表情を上手くつくれない障害を持った人もいる。話ができない人もいる。それでも、なんとか言葉をやり取りして、意思の疎通を図るのが普通だから、マスクの影響ははるかに小さい。

もちろん、マスクをつけるのがもの凄く嫌だ、という人はいるだろう。そういう人は、ヘルメットをかぶるとか、別の方法を考えれば良い。あるいは、人とは会わないで、他の通信方法を使えば良い。簡単に解決するだろう。その場にどうしても本人がいなければならない場合は、黙っていれば良いだけだ。それしかない。大きな問題とは思えない。

僕は、庭でブロアを使うときマスクをする。目もカバーが必要なので、メガネかゴーグルをかける。細かい粒子をなるべく鼻や目から入れない方が健康的だ。若いときはなんともなかったが、歳を取ってから不具合が出るようになり、気をつけることにしている。

何十年も風邪をひいたことがない。成人してから風邪薬を飲んだことがない（というか、薬を飲んだことがない）。人に会わないし、満員電車に乗らないからだろう。ウィルス騒動が勃発してからインフルエンザがまったく流行しなくなったが、つまり、インフルエンザワクチンなど打たなくても、用心をしていればかからない、という証明といえる。

このようなウィルス騒動は、今後定常的な社会の課題となるだろう。人間だけではない。家畜（豚とか鶏とか）に感染が広がって、大量に殺処分になっているのだ。温暖化の影響もあるが、とにかく人や物がグローバルに往来・流通する社会になったので、どこかで発生したものがたちまち世界中に広がる、という点が最近の傾向といえる。

したがって、マスク的なアイテムは、以後は普通のものになるだろう。つまり、洋服と同じくらい日常的になる。帽子や上着には、マスクが付随するデザインになる可能性も高い。出かけるときや、人と会うときは、なんらかの防御が必要で、顔を近づけて、口を大きく開けて、大声を出すようなコミュニケーションは「非常識」なものと認識されるようになる（もともとそうだったが、一般認識としての普及が不充分だった）。

小声で囁くと、スマホがそれを認識し、相手のスマホに伝達する。相手はそれをイヤホンで聞く、というコミュニケーションが普及するのではないか。もう会わなくて良い。

38 「重要なお知らせ」とあれば、誰もがすぐゴミ箱に捨てる時代になった。

九〇年代の後半くらいだが、大学のデスクで電話に出ないことにした。かかってくるのは、すべて外部からのもので、詐欺まがいのセールスだけになったからだ。重要な要件はすべてメールで届くので、電話のベルが鳴らないようにしておけば良かった。

それから二十五年以上、僕は仕事の連絡をほぼメールで行っている（LINEは使っていない）。固定電話がいちおうあるにはあるが使用していないし、またスマホも電話として使っていない。一年に二回くらい、どこかへ出かけて別れたとき、家族に電話をかける事態になるが、たいていすぐに出ないので、やはり役には立たない。

メールの場合、スパムというのか、迷惑メールというのか、ゴミ箱に即投げ入れるメールがたまに届く。「件名」でわかるので、開く必要はない。だいたい「重要なお知らせ」とあればまちがいなく迷惑メールである。十年くらいまえが一番多かったように思う。最近は減っていて、一日に数十通くらいになった。自動的にゴミ箱へ入れられる設定にはしていない。常に自分で選択して捨てている。何故かというと、迷惑メールがときどき届く状況は、通信が正常であることを示すバロメータだからだ。雑音が途絶えたら、無線機が故障している、という目安になるのと同じである。

紛らわしい迷惑メールというものに出会ったことがないので、大して「迷惑」も感じていない。電話の場合は、時間を取られるし、作業が中断するので腹立たしいけれど、メールは見ようと思ったときに見るものなので、今の状況に不満もなく、改善したいとも感じない。世界中の人といつでも話ができるのは、本当に夢のような環境だと思っている。

僕は、メールアドレスに名前を使っていないから、迷惑メールには、僕の名前がない。だから、簡単に判別できる。ハンドルネームを上手に使うのがコツなのかもしれない。

逆に、メールを送るときには、「重要なお知らせです」という件名にしないことを覚えておこう。ゴミ箱に捨てられてしまう可能性が高い。まあ、こんな抽象的な件名にはまずしないだろう。初めての人にメールを送るときは、この単語があれば、迷惑メールとは思われない、というものを件名に入れておく。ちょっと考えれば、思いつくはずだ。

ちなみに、郵便という物体が届くことはほとんどなくなった。たまに、役所から（特に税金関係）の郵送物が来るが、中の手紙をじっくりと読んでも、何なのかわからない。文章が難しすぎる。封筒にある件名も意味不明だ。結局、ウェブで調べたり、問い合わせたりしないかぎり理解できない仕様になっている。役所の特技といって良いだろう。

39 最近の仕事環境あるいは仕事具合について少しだけ。

電子書籍は絶好調といえる。シリーズをまとめて割安にする合本が売れている。一般に、シリーズものは、最初が一番売れて、どんどん売れなくなるので、セットで全部を買ってもらった方がビジネスとしては美味しい。電子書籍は自由に価格設定できる点が強みだ（本来、商品はすべて価格設定が自由なのが基本であり、一般書籍が不自然なのだ）。オーディオブックも予想外に売れている。アメリカなどでは、車の運転をする人たちが愛読していたらしい。ラジオや音楽と同じ扱いである。現在は、これも電子書籍の一種となり、多くの人がイヤフォンを耳に装着して出勤や仕事をしている日本でも、当然このスタイルが馴染《なじ》む。Wシリーズから始まったと思うが、その他のシリーズも出ることになった。

この頃では、年に一、二作しか小説を書いていない。それ以外には、エッセイである本書くらいだ。引退しているので、趣味で細々とちまちまと続けている。ところが、新作を出さないと売上げが減少するかというと、そうでもない。過去の作品が、電子になったりセットになったりオーディオブックになったり、さらには海外で翻訳されたり、と売れ続けていて、それらの印税はむしろじわじわと増加している。

　昨年は、ヴォイド・シェイパシリーズが新たなカバーでノベルスになったが、今年はスカイ・クロラシリーズがカバーも新たに新装版となる。僕はゲラを一回確認するだけで、また印税がいただける。ありがたい話である。出版社は、少額でも利益が得られるなら、と過去の作品を再版する。なにか、もう一度搾《しぼ》ればまだ蜜が出る、みたいな様相である。新人を探して売り込むよりも実績のある作品の方がリスクがない、という判断なのかもしれない。まあ、近頃の新人はネットでデビューするから、出版社は外されている感覚を抱くだろう。かつては、小説が最も省労力の儲け口だったけれど、今はＹｏｕＴｕｂｅｒの方が楽になれる（儲かるかどうかは不明だが、少なくともリスクが非常に小さい）ので、外されている点ではまちがいないところである。

　新書の執筆は一段落した。もう書くことはないだろう。書けるテーマがないし、新書自体が世間で飽和している気がする（執筆依頼は相変わらず目白押しだけれど）。

『子供の科学』で三年以上、庭園鉄道について連載をしたが、それが終了し、今度は、ウェブで隔週連載を始めた。以前にお世話になった編集者からの依頼である。二年ほど続くのではないか、と思う。仕事を減らし続けるプロジェクトは、成功裡に進展している。仕事をしないことに慣れてしまい、毎日をのほほんと生きている。あしからず。

40 いじめや登校拒否の問題は、リモート授業で解決するのではないか。

ウィルス騒動が二年以上続いているにもかかわらず、今のところ学校という仕組みを本格的にリモートにシフトさせようといった機運は見られない。教育に携わる人たちが、「オンラインでは、きちんとした教育ができない」と感じているらしい。そういう声を聞くことがあった。子供たちは、友達に会えない、というだけで「寂しい」と答えるかもしれない。だが、基本的なことをいえば、今後はリモートが普通になるだろう。そうならざるをえない。なにしろ、その方が安全だし、経済的だし、幅広い条件に柔軟に対応でき、記録が残るし、どこに住んでいても学校へいける、などメリットばかりなのだ。

一方で、デメリットというのは、教科書がいらない、ランドセルがいらない、学校の建物がいらない、など教育関係の仕事、商売、あるいは建設業などが儲からなくなることである。だから、これらの利権で成り立っている業界の猛反対があるはず。教育関係で経済が回らなくなる、と主張して、補助金を投じることになりそうだ。官僚の中にも、これらの利権に関わる部署が多々あるから、みんなが大反対する。儲かるのはＩＴ関係ばかりだが、教育関係の中にその種の技術を持った人材を入れてこなかっただけの話ではある。

大学になると、もっとリモート化が簡単だ。工学部や理学部は、今すぐにもできるはずで、ほとんど障害がない。ただ、実験など体験型の演習は、従来どおりになるのか。理系でも医学部は、もう少しリモート化が難しいかもしれない。文系はどうなのか。これは僕にはよくわからないが、おそらく教官たちは反対するのではないか。また、私学の文系になると、さらに抵抗が強くなりそうな気がする。私学の文系では、学生たちもキャンパスライフを楽しんだり、都会へ出ていってバイトをするような生活を込みで、大学ライフを認識しているからである。そういう幻想は、この際だから捨てた方がよろしいかと。

なにも教育関係だけではない。「都会」という場が、そもそもシティライフを込みで人を集めている。不動産も各種客商売も、そしてそれらを売り込むマスコミも、もう少し未来のあり方を考え、より安全で合理的なシステムへのシフトを真剣に考えた方が良い。

企業に関しては、まったく問題ない。利益追求が目的であるから、短期間で変化することができる。教育関係のような柵《しがらみ》がないし、みんなと一緒にという意識もない。むしろ、競争になるはずだ。あっという間に、パラダイム・シフトが起こるものと予想される。

これらの関連で、日本は世界的に見て遅れている。まちがいなく後進国である。遅らせているのは、高齢化に引きずられる頭の固さと、共感第一主義の時勢だろう。

41 言語というのは、思考や記憶の仕組みの一部を辿るものである。

他者との意思疎通、つまりコミュニケーションのために言語が存在するのは、もちろんまちがいないことだが、たとえ他者に伝達する必要がない場合でも、自分の思考、意思、判断、あるいは記憶などが、どのような仕組みで行われるのかを辿るために言語が手掛りとなる。こういった場合、自分の思考の言葉を聞き流さず、厳密に、何が条件で、どのように判断を下しているのかを、ときどき確認することが大事だと思う。

言語によって思考する人もいる（僕は違うが）。言語に立脚した（つまり、純粋に言語によって組み立てられた）思考ならば、他者に伝達することが容易だ。なにか人に指示をしたり、依頼することができる。一方で、言語にならない思考も存在するから、タイトルのとおり「一部」とした。このような非言語思考の場合は、自分で記憶しておき、自分に役立てるしかない。自分から外側へ出にくい概念になる。言葉を尽くすことで、なんとか意思伝達が可能なときもあるが、それは相手が同じような思考をする場合に限られる。

たとえば、コンピュータのプログラミングをすると、これがよく理解できる。プログラムはコンピュータ言語によって明確に記述される。プログラムが可能なのは、判断の基準を具体的に示すことができ、また数値化が可能であり、ようするに定義が細かく行えることを意味している。言語とは、つまりそのような条件でのみ成立するものだ。

プログラム言語のCには、ポインタというアドレス表記が存在する。ＢＡＳＩＣやＦＯＲＴＲＡＮにはこれがない。Cを学習し、使いこなせるようになると、コンピュータの記憶アクセスがどのように行われるかを理解できる。つまり、言語によって、思考の仕組みを想像することが可能なのだ。したがって、複数の言語を理解することは、それだけ思考のディテールを別の方向から眺める機会を増やすことにつながる、と想像できる。

言語に還元できない思考は、コンピュータで処理することができなかった。たとえば、形状認識や音声認識などである。しかし、これらはコンピュータ自身が学ぶことで解決した。今はそれを総称して「ＡＩ」と呼んでいる。若いときに、点字を読ませるプログラムを作ろうとしたことがあるし、また波形を処理するプログラムに関わったこともあるが、非常に難しかった。人間が簡単に認識していることなのに、コンピュータにはできなかった。まだ三十年か四十年しか経っていない。それが今ではすべて解決しているのだ。

コンピュータどうしのコミュニケーションは、人間の言語を超えたものになる。人間には理解できない、認識できない概念、あるいは理論が表現されることだろう。

42 「誰のためのオリンピックなのか?」の声。「え、誰のためなの?」と思った。

ウィルス騒動で、いろいろ揉めたらしい。僕はネットのニュースだけ(しかもタイトルだけ)を読んでいたので詳しいことはわからない。感染拡大を恐れ、「人命の方が大事だ」とオリンピック開催に反対する声もあった。だが、そのわりに連休に反対したり、夏休みに反対しないのは不思議。聖火リレィも「自粛」が求められたが、そのわりにスポンサの宣伝は自粛しなかったようだ。大勢が集まる様子をニュースで伝えていたが、浅ましい人たちを見て眉を顰《ひそ》めたい人が大勢いるから、やはり宣伝効果はあるということか。

「そんななか」という言葉が、近頃マスコミで頻繁に登場しだしたので、わざと使ってみるけれど……、そんななかもなか、「いったい誰のためのオリンピックなんだ?」と疑問を呈する、あるいは不満を訴える声も上がった。おそらくこれは、「商売のためではない」「政治家の人気取りのためではない」「選手のためのオリンピックではないか」という気持ちを表したものなのだろう。しかし、この疑問形を耳にしたとき、「えっと、実際のところ、誰のためのオリンピックなの?」とときき返したくなってしまった。

選手はオリンピックを目指しているかもしれないが、それはメダリストになれば、一躍注目を集め、その後の生活やビジネスでの効果が期待できるからだ。もし、スポーツが純粋に好きで、チャレンジすることが目的ならば、オリンピックでなくても良いだろう。いろいろな競技会がいつも各地で行われているはず。注目度に差があるだけだ。

国民のためというわけでもない。そもそも国民が「オリンピックを開いてくれ」と訴えたのでもない。東京開催を提案したのも、都民ではない。一部の人が言いだして、賛同者を集め、企画を立ち上げ、運動を盛り上げていったのだ。多くは経済効果のためだろう。だから、「誰のため？」と尋ねられると、なかなか難しいが、やはり、「やりたい」と言い始めた人たちや、金を出した人たち（つまりスポンサ）に、最も直接的な利益が還元されるはずの企画だ。土地の値段も上がるから、その関係筋も多いに盛り上がっただろう。だから、政治家、関係企業、関連商売のためのオリンピックだといえる。

日本人が元気になる、ということを期待している人もいるが、僕は全然元気にはならない。また無駄な金が使われるのだな、でも喜ぶ人もいるのだからしかたがないか、とむしろ少し寂しい気持ちになる。もう少し有意義な使い方があるだろうに、とも思う。

近頃の政治というのは、経済を回すこと、しかも「集客」という形で見えてくるような効果ばかり狙っているように見える。政治とは、プロモーションなのだろうか？

43 「見て見ぬ振り」という言葉は、「見ぬ振り」より悪い状況なのか？

「見て見ぬ振り」は、「見ぬ振り」と同じのようで、少し違う。何故なら、「見ぬ振り」は、まだ見ていないかもしれないし、気づいていないかもしれない、そういう人に、たとえ見ても見逃してほしい、と頼む場合に使う。これに対して「見て見ぬ振り」という言葉は、既に見た人が、自分の判断で見ないことにした状況を示している。この日本語は広辞苑にも載っている。だが、直接的に英語に相当する言葉がない。「見たのに、見ないことにした」という過去形でしか表現できない。つまり、この言葉は、「見た」ことをまず責めている。見たはずなのに、適切な対応を怠《おこた》ったことを糾弾している強い非難なのだ。

だが残念ながら、日本人はこれをよくする。その場の雰囲気を壊さないように、権力者には逆らわないように、あるいは、人は人、自分には関係がない、とトラブルから遠ざかろうとする傾向が認められる。困っている人を助ける勇気はあっても、自分に危険が降りかかりそうな場面では尻込みする。関わりたくない、という気持ちが強い。自分は安全圏にありたい、足を踏み入れることを恐れる。誰もが心当たりのあるところだろう。

最近これに加わろうとしているのが、問題だと思える事象をスマホで撮影しネットに流して糾弾してもらう、という手法だ。自分で関わるのは避けたい。でも、あれはどうなの？　ちょっと許せないよね、といった出来事を、動画で撮影してアップする。筋としては、当事者、その所属グループ、あるいは警察や役所に訴えるのが正しい。しかし、そんな労力をかけたくないし、自分に災難が降りかかるのも困る。それに、そういった組織が、ちゃんと対応してくれるかどうかわからない。きっと動いてくれないだろう、という不安がある。それよりも、ネットに上げた方が相手にプレッシャがかけられる、との作戦である。見て見ぬ振りをしつつ、告げ口だけはしっかりして、正義を繕《つくろ》うという姿勢だろうか。このような世間による監視がどんどん強力になっているようで末恐ろしい。

集団の中で起こる暴力、あるいは暴言なども、以前は大勢が見て見ぬ振りをしていた。これからは、「カメラが一部始終を捉えていた」的なリークになるのだろう。ただ、逆に言えば、見て見ぬ振りを見逃してもらえない社会になることで、許す裁量が失われる。それもまた世知辛《せちがら》いように思える。

電子環境が、人間社会を確実に変化させている。不正を見逃さない厳格な社会は、もちろん悪い方向性ではないけれど、どこか堅苦しい、行きすぎた管理へつながる危険性も孕《はら》んでいる。気づかない振りは、上品な人間関係には不可欠なものだったのだが……。

44

「近所で聖火リレィがあったら見にいってしまう」という条件反射の習性。

「もし、聖火リレィが近くを通ることになったら、やっぱり見にいってしまうよね」と奥様がおっしゃっていた。「え、そうなんだ」と僕はびっくりした。僕は絶対に見にいかない。たとえば、自分が大好きなタレント（残念ながら、そんな人物はいないが）が走るとわかっていても見にはいかない。見てどうするというのか。だいいち、遠くからでよく見えないだろうし、どうせネットで動画がアップされるのだから、見るならそちらの方が良い、と考える。そう話すと、「でも、自分の目で見るのは違うんじゃない？」などと返される。何が違うというのか。見るものは全部「自分の目」で見るしかない。映像は実物ではない、ということだろうか。では、ガラスを通して見たり、コンタクトレンズを通して見るのは実体なのか、という話になる。

そもそも、自分の目で見たいと主張する人にかぎって、スマホで写真を撮ろうとする。自分の目で見ようとしている姿勢にはほど遠い。大勢で同じものを撮影する意味は何なのか？　無駄なデータがどんどんメモリィに詰め込まれていくだけだ。写真を撮って、それで見たことをすっきり忘れたいのだろうか？　そう疑いたくもなる。

この「つられてしまう」習性というのは、日本人だけではないと思うけれど、どういったメカニズムなのか、その心理を知りたい。僕にはそれがないので、興味を持っている。

もしかしたら、ファッションの流行とか、TVで紹介された店に行くとか、料理番組と同じものを食べたいとかも、同種の反応だろうか。つまり、大勢と同じ状態に自分もありたい、という願望である。同調、共感、集団心理、仲間意識、群れたい、集まりたい、ようするに、みんなと同じなら安心できる、といったものだろうか。同じ状況の他者が大勢いることが安心であり、楽しいことだと感じる。逆に、自分だけが違うと、不安になり、寂しいことだと感じる。いろいろ話を聞くと、そういうことらしい。

僕はそうではない。自分だけが違うと安心でき、そちらの方が楽しい。だから、いつもみんながやらないことをしたい。大勢が同じことをするほど、そこから離れたくなる。

まあ、どちらも、自分の感覚に従って行動するのだから、それで良い。けっして、文句を言っているのではない。好きなようにすればよろしい。奥様にも絶対に文句を言わないようにしている。ただ、誘われても、「いや、僕はちょっと」と片手を広げるだけだ。

「つき合いが悪い」と非難しないでもらいたい。僕からすると、放っておいてくれないことが「つき合い方が悪い」と感じる。つき合わないことが、楽しくて安心なのだ。

45 「原則」という日本語がわかりにくい。principle か、general なのか。

わりとよく使う言葉だ。「原則として」という場合が多いが、単に「原則」だけで、「正直」や「マジ」や「本当」や「実際」などと同様に、最初に断って、あとの文章を強調する役割を果たしているように見える。

概ね、二種類の意味がある。一つは、「原理」に近いもので、「基本」と置き換えることもできる。最も根源的なルールであることを示している。もう一つは、「一般」に近い意味で、その例が多数であり、ずっとその判断だった、という過去の事例に基づくものを示す。だいぶ違う意味の両者なのに、特に区別せず、曖昧な言葉になっている。

前者では、「こうするのが道理ではあるけれど」という意味で、「原則はそうだけれど」と使うし、後者では、「原則から外れるけれど、例外として認めるか」のように、「多数ではない特殊な事例」だということを強調する。

本来、「原則」には「法則」の意味があるので、「オームの原則」とかもありそうな気もするが、そのような例を目撃したことがない。漢字の意味からして、法則よりも原則の方が相応しいと感じるのだが、いかがだろうか？

ところで、「原則禁止である」のように使われるとき、これは「禁止である」とどう違うのか。「原則」が加わる方がより厳格なのかというとそうではなく、逆の意味といっても良い。つまり、「原則禁止」は、禁止が基本だが、特別な条件では許容される、ような意味を匂わせている。

大臣が、国会で「こういった行為は認められているのですか？」と質問されたときに、「原則としては認められておりません」と答えるのは、「例外として認められるものもある」との逃げ道を用意している表現なのである。「認められておりません」と断言してしまうと、「でも、このような事例が報告されていますよ」と追及されたときに言い逃れができなくて困る、ということ。「原則」の主な使用法は、この「言い逃れ」の伏線だと、原則いえるのである。

一方、「これが多数だ」、という意味での原則は、最近（ここ二十年ほど）では、「鉄則」あるいは「鉄板」が用いられる例が増えている。「鉄則」は、変更できないルールのような意味だが、「定番」に近い意味で使われ始めた。また、「鉄板」は確実なもの、つまり「本命」みたいな意味だが、「キャンプ用の鉄板アイテム」などのように用いられ、これは料理をする鉄板にかけているのか、というほど非常に紛らわしい。

46 これまでの人生において最も評価に値する決断あるいは行動は何だったか？

人生というのは、「決断」によってつないだレールである。みんな違う場所で、違うレールを使い、その場所の条件に影響され、また手持ちのレールを眺めつつ、どこにどう展開していけば良いか、と考える。そして、自分で敷いた線路を走るしかない。レールが尽きたり、場所がなくなったり、なんらかの不具合が突然起きたりして、人生が終わる。

先を見ず、つなぎやすい方向へばかりレールを延ばすと、不具合も起きやすく、またのちのち苦労が絶えない。できるだけ遠くを見て、その手前から少しずつ良い方向へレールをつなぐことで、条件の良い場所へ行き着けるだろう。

だいたいは、日々の努力の積み重ねと、健康や人間関係を良好に維持するための注意で進むことができるのだが、ときとして、大きな決断を迫られる場合がある。決断というのは、期待とリスクを天秤にかけて、どちらともいえない状況だからこそ「決断」と呼ばれる判断になる。天秤が明らかにどちらかに傾いていれば、単なる「選択」でしかない。正しく選択していれば、脱線したり行止まりになったりはしない。

森博嗣は、国立大学の教官だったのに小説を執筆して作家になった、と方々で紹介されている。これはそんなに珍しいことではない。博士号を持った作家は昔からいたし、最近では作家が大学の先生になる例も多数ある。作家と研究者を両立されている人も珍しくない。自分でも、特に珍しい立場だと認識したことは一度もない。

両者は、相性が悪い職種ではない。どちらがなりやすいかというと、まちがいなく、作家の方が簡単だ。でも、作家の方が続けるのが難しい。大学の先生はポストが空かないとなれないが、一度なったら首を切られる心配はほとんどないといって良い。

森博嗣の場合、珍しいのは、大学を四十代後半で辞めたことだろう。非常に珍しいと思われる。辞めるときにも、周囲から「え、どうして辞めちゃうの？」ときかれまくった。出版界からも、「もったいないですね」と皆さんがおっしゃった。

大学人でありながら作家業を始めることは、「決断」というほどのものではないし、僕もそんなに深く考えもしなかった。軽い気持ちで書いて、成り行きで作家になってしまっただけである。だが、大学を辞職するときは、かなり深く考え、決断と呼べるような判断をしたと思う。それは、金銭的な問題では全然ない。また、世間体とか人間関係でもない。研究者を辞めることで得られる時間で生み出せるものと、研究を続けることで得られるものの比較・検討だった。自分史上最高の決断だった、と今は評価している。

47 「会議」というものを無効化する要因は何か、と考えてみたが、よくわからない。

世間一般の会議と、僕が経験したことがある会議は、だいぶ違うと思う。大学内では、教授会や教室会議、あるいは各種委員会の会議があった。また、学外でも、学会関係の会議が沢山開催されていたから、平均すれば、ほぼ毎日一回は会議があるくらいの頻度となる。短いものは一時間ほどだが、長いものは半日、あるいは朝から晩までかかる。勤務時間外でも会議は続くし、場合によっては週末など休みの日でも召集がかかることがあった。参加する人の日程を調整することが難しいため、夜や休日開催になるのだ。

学者というのは会議が好きなのか、と思われるかもしれないが、そんなことはない。みんな例外なくうんざりしていた。だが、会議を開かずに決定するわけにいかないし、いい加減な判断をするのも避けたい。だから、とにかく顔を合わせて議論になる。

もっとも、会議のほとんどの時間は、いわゆる「報告」である。会議の時間内では良いアイデアが出ない。だから、個人かグループで検討してくる。いわゆる宿題になり、その宿題の報告を受け、それを承認したり、意見を出して修正をしたり、あるいは反対して差し戻したりするわけである。だから、会議と同じくらい、この宿題をする時間が必要になる。それが自分の研究に関係のあるものなら、全然良いのだが、まったく無関係であることがほとんどで、特に大学の運営に関するもの、入試やイベントの準備など、あるいは文科省に対する申請の案件など、雑多であって、僕としては、「どうだって良いのに」と思うことばかりだったが、「仕事なのでしかたがない」と諦めるしかない。これで賃金をいただいているのだな、と認識するに至る。無常の悟りのための修行だと思うしかなかった。

こんな雑事に多くの頭脳を消費させる会議なるものを、なんとかして削減し、あるいは無効化する手立てはないものか、と考える余裕も当時はなかった。今にして考えると、まずコンピュータを使ってリモートにすることでだいぶ改善されるだろう。わざわざ東京まで出かけていく無駄もなくなる。スケジュールが合わない場合も、メールなどでリアルタイムで合意を確認できるだろう。それに資料を作るのも電子であれば楽だ。

普通の組織は、運営をする人と、開発をする人と、営業をする人が分かれているが、大学はすべて同じ人たちがこれを行うので、どうしても複雑になるし、また「無関係だ」と言いたくもなる。助教授（今は准教授）は人事に関わらないだけまだ少しましであって、教授になるともっとどろどろの権力争いに巻き込まれる。もっとも、そのどろどろの争いがしたくて早く教授になりたい人もいるからままならない。本当に、辞めて良かった。

48 怒りっぽくなっても、落ち着いて怒らなくなっても、歳だといわれる。

端的にいうと、なにもかもすべて歳のせいである。ただ、若いときには「歳」ではなく「成長」というだけの違いだ。悪くなる方向の場合は「成短」としてはどうか。

人間の変化は、必ず時間とともに現れるし、時間を経て観察されるのだから、それを時間経過のせいだと結論づけるのは、非常に安易な推論ではある。だが、その時間経過の間にあったなにかが原因である場合と、時間経過に従って生じた肉体的な劣化などが原因である場合の二種類があるだろう。当たり前すぎて目眩《めまい》に襲われそうだ。

自分が老年になって、一番「歳を取ったな」と感じるのは目の疲れと、あとは筋肉痛が二日か三日後に出ることくらいだが、逆に、寝つきが良くなったことや、頭痛や肩凝りがなくなったことは、歳のせいとしてはプラス面である。改善されることもあるのだ。というよりも、環境に対してか、自分の行動に対してか、肉体が慣れてきたのかもしれない。

感情面では、明らかに穏やかになった。腹を立てることがなくなった。これもおそらく、慣れによるものだろう。同じような経験が過去にあるから、もう一度腹を立てようとは思わない。だんだん省エネになるわけである。落ち着いているとは、あまり感じないが、頭の回転が落ちているのはわかるので、それに合わせて、できるだけゆっくりと行動しよう、という気持ちが強い。早く動こうとすると、慌てているように見られるので、ろくなことはない。忘れものをしたり、手に持っているものをどこかに置いて忘れたりするのだが、これは若いときからの傾向だった。それをしないように、と注意を払うようになったことが、明らかに歳のせいといえる。これも良い面だろう。

苦手なものから遠ざかる努力も、多方面にわたって実ってきた。嫌いなものは避けるし、避ける方法も学ぶので、自分の周辺は良いものばかりになった。これも、穏やかになり、安心して生きられるようになった所以だ。もういつ死んでも良いだろう。

他人から「歳を取ったね」と直接言われるような機会は、普通はあまりないだろう。そんな失礼なことは、よほど親しい人しかいわない。僕は、見ず知らずの人からあれこれいわれる職業に就いているわけだが、僕を直接観察できる人はいない。つまり、僕が書いたものについて、「森博嗣も歳を取った」と書かれたりするのだが、同じようなものを書きたくないと気をつけているので、その変化を捉えてのことだろう、と推測する。しかし、読者自身も歳を取るわけだし、いつの作品を読むかという相対的な条件になる。自分としては、読み手の年齢を想定して、それに合わせて書いているつもりである。

49 「気の毒」という日本語は便利で使いやすいが、あまり使われない。

特に、若い人は滅多に口にしない。気の毒に思うような機会がないのか、どのようなときに気の毒だといえば良いのか、まだ経験不足だからだろうか。しかし、たとえば、「可哀想」などは比較的よく聞かれる。相手の不幸や痛々しさを思いやる言葉だが、「可哀想」は目上の人に対しては使いづらい。そういうときに「気の毒」といえると、とても大人びた言い回しになる。子供が使っても良いが、子供らしくないといえばそうかも。

心に毒が入ったように苦しい、という表現だと思う。英語でいうと「sorry」である。「I'm sorry」といえば、「お気の毒です」と訳すのが正しい。この場合、毒を感じているのは自分であり、相手の状態を見たり聞いたりしただけで、自分が苦しい気持ちになったことを伝える言葉だ。ただ、「辛《つら》い」のように自分だけの毒ではない。あくまでも、他者を思いやる辛さだ。「可哀想」「不憫」などは、相手を憐《あわ》れむ言葉であっても、上から目線だから、目上に対して使えない。「気の毒」はその点、使い勝手が良い。「お気の毒です」と「お」を付けられる。「お可哀想」や「お不憫」みたいに変にならない。

一方で、「可哀想」には、相手に対する純粋な愛情が滲み出るが、「気の毒」にはこれがない。つまり、ドライな関係を意識させる。たとえば、自分の子供に対して「気の毒」は使わないだろう。使ったら、薄情な親だと思われるはずだ。また、自分のことを「可哀想」に思うことはあるが、「気の毒」には思わないだろう。ようするに、「可哀想」「不憫」「哀れ」は涙を伴う感情だが、「気の毒」では涙が流れにくい。だいぶ理性的な評価といえる。「ざまあみろ」を上品に、「お気の毒さま」ということさえある。

ちなみに、「可哀想」は「可愛い」と同じ意味もある。というより、もともとは同じ言葉だった。「不憫」は、かつては「不便」と書いたことがあり、やはり同じ言葉だった。だから、今でもこの意味が少し含まれたまま使っている兆候も見られる。

「気」が「心」や「精神」あるいは「意識」の意味を持っているのは、「気持ち」や「気分」や「気力」あるいは「気のせい」「気を失う」などからもわかる。一方で、「天気」「空気」などのように、自然現象を示す意味もある。意味が多すぎて、ずばり英語にできない。「気の毒」の「気」は、感情的な反応なので「心」を意味するし、命を持たない物体に対して「気の毒」に感じることもない。侵食された岩や崩れた山は気の毒ではない。

相手の言動を揶揄《やゆ》するときに、皮肉で使うこともある。「残念」「滑稽」「哀れ」「寂しい」などと同じだが、誤解を招く恐れもあり、使用は慎重にした方が良い。

50 「明日の委員会で正式に決定される見込み」と全国ニュースで伝える不自然さ。

「明日」であったり「来週」であったりする。ようするに、まだ決定していないことがニュースとして流れてくるわけで、そんな決まってもいないことを公表しても良いのか、ほぼ決定していることだからというなら、その正式決定するための会議をする意味がないのではないか、といった不思議な（というより馬鹿馬鹿しい）気持ちになる。

これはもしかして、社会や国民に対する「根回し」なのか、と疑いたくもなる。「もうすぐこういう決定が下されるから、そのつもりでいて下さい」と心の準備を促しているのだ。いきなり発表したら、みんなが驚くということだろうか。それだったら、発表をしても、実施するのは数日あととすれば良いだけの話である。

そもそも、「正式に決定」という言葉が問題である。正式ではない決定があるのか。そういうものは「未定」というのではないか。未定をニュースに流したりして良いのか。「内定」であるなら、いったい誰がそれをリークしたのか？

多くの場合、ニュースでは「政府関係者によると」などと伝えられている。やはり、わざと情報を流して、「大丈夫だから、ニュースにしておいて」と依頼しているようだ。

そういえば、ロシアの侵攻についても、数日まえから「進軍の決定をした」とニュースで伝えていた。この場合はアメリカがそれをリークしていたのだが、その情報をわざと世界中に伝えることで、思い留まらせようとする作戦だったみたいだ。つまり、ニュースにすることが戦略となっている。いわば、マスコミは武器の一部として利用されている。

昔は、発表するメディアがごく限られていた。だから、正式なものしかなかった。今は、その決定に関わる人たちがそれぞれ勝手に公表できてしまうので、「案」の状態のものが曖昧なまま、あるいは部分的に表に出てくる。発表のインパクトを緩和する効果はあるけれど、インパクトが欲しい場合には困ったことになるだろう。

たとえば、作品を発表するときも、その正式発表の以前に、各方面からいろいろな情報が漏れてくる。関わったスタッフたちが、自分の仕事について毎日呟《つぶや》くので、かなり厳しく制限しないかぎり、ほとんど「だだ漏れ」となる。何万人もの兵士を指揮していても、各自がスマホで「明日はちょっと忙しくなるから」と発信してしまう時代なのである。

悪いことではない。この「ゆるさ」は、平和に通じるし、自由の証《あかし》かもしれない。ただ、報道に携わる人たちは、悩ましい。そのまま伝えるべきか、それとも確認を待つべきなのか、と。そして、決定するだけの「儀式」としての会議は、明らかに無駄だろう。

51 「感情よりも理性を信じているのですか?」との質問に対する答。

感情と理性というのは、個人の中ではしばしば対立する。理性が優《まさ》っている場合は、まったく問題にならないが、感情の方が強く出てきたときに、どうすればそれを抑えることができるか、という意味で、数々の教訓やアドバイスなどが生まれる。つまり、そもそも抑えるべきなのは感情の方であって、理性を抑えるようなことはまずない。

理屈ではわかっていても、気持ちの整理ができない、というような悩みもある。それで、タイトルのような質問が飛び出したりするのだろう。感情はわかりやすい。怒って、嘆《なげ》いて、相手を懲《こ》らしめたい、という欲求が明確だからだ。その点、理性は自然のルール、あるいはモラルなどから導かれる社会的な損得に帰着する。感情を抑えるとは、「利益を目指して、欲望を鎮《しず》める」ことである。

この場合、理性というものは、「信じる」ものではない。確率的に導かれる予測であり、信じても信じなくても、結果に影響がない。感情は自身が信じるものであるのに対して、理性は自分の外側にある現実である。目を瞑れば、信じないでいられるわけではない。

「エビデンスがないものは信じない」というが、事象というのは「信じる」ものではない。真実かそれともフェイクか、まず道理による推測があり、またエビデンスの存在やその内容の理屈などから「確からしさ」を確率的に捉える、というだけだ。その確率が百パーセントに近づくほど、「信じる」に近い状態だといえるかもしれないが、四捨五入して判断を下す必要もないので、その確率のまま認識していれば良いだけの話である。

感情が悪さをするわけではないが、感情的になった人間は、外部の観察を遮断してしまうので、状況を理解しようとしない状態に自分を陥《おとしい》れ、つまり感情だけを昂《たかぶ》らせようとするので、これがその本人の不利益を招くだけだ。感情を昂らせるとは、つまり泣きたいときに自分を悲しませる、怒りたいときに自分を怒らせるというような精神操作のことであり、これは役者が演技をするときの技術でもある。感情豊かな自分を他者に見てもらいたい、その発散によって注目され、無視されないような立場を確立したい、といった欲望がこの演技を後押しする。自分が無視されないことが自分の利益だと感じる心理であり、子供が親の目を引くために泣いたり、駄々を捏《こ》ねるのと同じだ。たしかに、愛情を持った人が近くにいれば、利益が得られる場合もあるにはある。

ずばりいえば、感情より理性が正しい。いつも理性によって判断していれば、大きな失敗をすることもない。酒で酔っ払って失敗するのも、ほぼ同じメカニズムである。

52

「リベンジ」という言葉を使うようになったのは、つい最近のことだ。

日本語にすると、「仕返し」のこと。だったら、「仕返し」といえば良いところだが、少しニュアンスが違う。単に前回駄目だったことに再びチャレンジするときに「リベンジだ」というようになった。「再挑戦」に近いだろうか。また、少し大袈裟だが、「汚名返上」や「名誉挽回」に近い。つい最近も、有名雑誌の記事で「汚名挽回」という誤用を見たけれど、軽くリベンジしてもらいたいものだ。

リベンジは、「報復」あるいは「復讐」である。かつて奪われたものを取り返す、かつて被害を受けた相手に損害を与える、という意味であり、多くの場合、敵となる相手が特定されている。不合格だったため再試験に臨んでリベンジするのとは明らかに違う（出題者を敵と見立てれば成立するが）。

「仕返し」がなんとなく喧嘩《けんか》や暴力沙汰を連想させるのがいけないのか。「やり返す」か「押し戻す」あるいは「反撃する」など、いろいろ考えてみたが、どれもやはり暴力が伴うような印象がある。スポーツであれば「反撃」に悪いイメージはないようだが、結果として勝った場合には、「雪辱を果たす」などという。天気の「雪」ではなく、汚名を雪《すす》ぐという熟語で、「恥ずかしい思いを洗い流す」という意味である。

なんでも勝敗に結びつけてしまうのが、古来の表現である。最近は、小学校の運動会で「かけっこ」をしても一番もビリも決めないそうだ。かけっこして、みんなで楽しもう、ということを教えているらしい。しかし、運動に限らず、あらゆる遊びに勝ち負けがある。鬼ごっこもそうだし、ゲームなどは勝負がさらに生々しく前面に出てくる。人間は、何故勝つこと、相手を負かすことにこれほど喜びを感じるのだろうか。むしろ、動物の方が無駄な勝敗を決めない生き方をしているように見える。

もちろん、動物にも植物にも勝ち負けはある。それはつまり生死である。勝った方が生きて、負けた方が死ぬ。人間が勝ちを喜ぶのは、生きるための本能に根ざしているはずだ。しかし、前回の負けを取り戻そうとするリベンジは、生死と少し隔たりがある。負けたとはいえ死んだわけではない。生きているからこそリベンジができる。つまりは、死ぬ思いをしたから、次は相手を苦しめたい、といった感情で、生死をヴァーチャル的、ゲーム的に捉えている分、人間の知性が作り上げた概念、心理といえそうだ。

僕は、これまで「リベンジだ」と思ったことが一度もない。どうしてだろう？　負けたと思ったこともないし、勝ったと思ったこともない。勝負だと認識しないからかな？

53 「自分との戦い」って何なの? そういうものが本当にあるわけ?

よく耳にする言葉である。なにかというと「自分との戦いだった」などとナレーションが入ったりする。どういったシチュエーションなのか、僕には全然わからない。どうやったら自分と戦えるのか。オーバな表現をしているうちに、なにかそういうふうなものがあるように錯覚しているだけではないのか? たとえば、「苦労した」で済む話が、「自分との戦いだった」となるわけで、もう少し、「何の戦いですか?」ときいてみると、「怠けようとする自分との戦いだった」とおっしゃる。ああ、それは大変でしたね、と苦笑するしかない。それをいうなら、生きている者は、誰もが「不健康な自分との戦い」をしている。子育ても、子供との戦いになるのか?

もし周囲に障害があるなら、自分と戦っている場合ではない。その障害を排除しなければならない。そのためには、他者と対立することもあるので、たしかにその人との戦いになるだろう。そういった外部の障害がなくなり、それどころか周囲は皆、協力をしてくれる、応援してくれる、という状況になったとき、もう戦う相手がいなくなってしまい、しかたなく自分との戦いになるのだとしたら、ひょっとして、自分がラスボスなのか？

いうことを聞かない相手に対して、一方的に暴力を振るうことは、「戦い」ではない。相手は戦おうとしていない。なんとか、こちらを向いてほしい。話し合いたい。つい怠けてしまう自分を宥《なだ》めすかして行動させること、これは戦いというよりも「説得」「交渉」に似た行為である。だから、「自分との戦い」ではなく、「自分との交渉」といえば良い。

悪天候の中で工事を進めるようなときも、「自然との戦い」などという。いいたい気持ちはわかるけれど、自然は戦いを挑んできたわけではない。雨や雪は、人間を攻撃しているわけではない。傘をさすことは防戦しているわけではない。歩きやすいところを歩くのと同じで、状況から判断して、より安全で効率が望める方法を選択しているだけだ。

練習でランニングをするときに「ファイト」と掛け声をかけているのも、不思議な光景である。戦うことを想定しないと頑張れない、という精神を大勢が持っているのは、たぶんまちがいないだろう。だから、相手がいない場合に、自分と戦うことになる。眠気を覚ますために、戦う気持ちを思い出すわけだ。いけないとはいわないけれど、なんとなく、人間というものが可哀想になる。単に、興味を持つ、楽しいから目を覚ます、やりたいことだから苦労を厭わない、という具合になれないものだろうか。そういった知的なモチベーションを持っていれば、勝つことも戦うことも全然いらない生き方ができるのに。

54 今、この文章を執筆するときに僕が採用している手法について。

百編のショートエッセイを集めた本は、このクリームシリーズでは十一作めだが、他社でも五作出しているので、本書が十六作めになる。始めてもう十年以上になるし、少しずつ内容も書き方も変化している。今回は「まえがき」でおちゃらけたことを書いたわりに、ここまで真面目くさった内容が多く、半分を過ぎたところで少し考えてみよう。

最初の頃は、まずエッセイのタイトルを日頃から集めておき、それが百個溜まったところで本文を書いていた。何を書くかを思いつくのには時間がかかるし、できるだけ広くばらついたテーマを集めた方が読むときも飽きがこないだろう、という配慮からだった。ちなみに、他社で書いた五作では、百編をテーマ別に編集者が並べ替えていた。

数年まえからだろうか、タイトルを書き溜めるのをやめて、ぶっつけ本番で思いついたことを書いていくようにした。こうなった理由は、作家として引退し、執筆量を減らすことができたからで、つまり時間的に余裕ができ、ゆっくりと書くようになったためだ。以前は一週間くらいで百編を書いていたが、今は一日に三編くらいで一カ月近くかけている。一日三編くらいだったら、庭仕事をしたり、犬の散歩をしている間にテーマを思いつくので、執筆速度に発想が間に合う。このような書き方の方が自然体だと思える。

前々回くらいから、時事ネタを盛り込むようにもなった。読者の反応は、「森博嗣も時事ネタを書いた」というもので、だからどうなんだ、という声は聞かれなかった。時事ネタを入れなかったのは、内容に普遍性を持たせたかったからだが、ウィルスとか、ロシアの侵攻などは、長く世間の記憶に残るものだから、歴史ネタとしての普遍性がある。

現在は、ＡｐｐｌｅのＭａｃＢｏｏｋ Ａｉｒ（モニタは27インチ外付け）で、システムに付属のＰａｇｅｓを使い、横書きで書いている。エッセィも小説も同じ。キーボードやマウスも外付け。僕は、キーボードはどれでも良い派で、今も全然タッチの違う三種類を混ぜて使用しているけれど、まったく気にならない。漢字変換は、「馬鹿だなあ」と思う程度で、笑って許せる。最近のＭａｃはフリーズもなく、ハードディスクもなくなったから壊れることもない。停電がときどきある地域なのだが、ノートパソコンだからダウンしない。

クリームシリーズは、もう少し続けるつもりでいる。僕が書いたもので最長なのは、十三巻続いたＭＯＲＩ ＬＯＧ ＡＣＡＤＥＭＹなので、これを上回ることが当面の目標である。小説のシリーズでは、Ｇシリーズが十一作で止まっているようだが、既に最長になったので、一息ついている、というよりも、もともとの計画どおりであり、予定変更はない。

55 ロシアがウクライナに侵攻したときに僕が思ったこと。

最初の数日は、まさか本当に攻め込むとは、という驚きだけがあった。よほど大きな利益が見込める、との観測があったのだろう。大統領が正気ではない、とのニュースも多かったが、単に願望を書いただけのもののようだった。二月末になると、何十キロも渋滞する戦車隊が動かない。どうしてロシア軍はこんなに弱いのか、という衝撃があった。かつて、フランス軍もドイツ軍も押し返した最強の軍隊のはずなのに、ミグやスホイの空軍はどうしたのか、と不思議に思った。その後は、驚くようなことは起きていない。

日本人は、ロシア国内でプロパガンダに騙されている人たちのことを心配している。また、同じようなことが中国でもあるのだろう、と嘆いている。けれど、そういう日本は西側のプロパガンダを信じきっていて、客観的に情勢を把握している人は少ないのでは？

今回の戦争で、西側が異常ともいえるほど団結し、ロシアの蛮行を非難しようとした。でも、ついこのまえにも同じような紛争はいくつもあったはずなのに、何故今回だけこんなに騒ぐのか、という点は非常に不思議である。

世界のルールやモラルというものを、欧米は広めようとしている。しかしそれは、かつてアフリカやアジアを侵略し、それによって富を集めた帝国主義を反省してのことのように見える。世界中の大多数がそれに賛同しているわけではない。アメリカやヨーロッパが先進国としてスタンダードを作って世界を動かしている理由は、今はそこに富が集中しているからにすぎなくて、それは帝国主義によって築かれたものなのだ。

日本は、アジアにある。でも、西側のメンバに入りたくてしかたがない。本当に入れてもらえるのだろうか。ヨーロッパから見ると、ロシアは東方である。オリエンタルなのだ。もちろん、中東もインドも中国も、そしてアフリカも遠い。遠い方へ攻め込むのは自然であり、遠くのものが近づく方向へ攻め込むと、「何事だ！」と色めき立つ。今回の侵攻は、ヨーロッパへ近づくベクトルだったため、この特別な反応につながったのだろう。

もう一点、人々に気づかせたのは、もう兵隊を人間で構成するのは無理だろう、ということだった。スマホを持って常に連絡を取り合う若者たちは、既に豊かな生活を経験してきたわけで、戦争というブラックな職場から逃げ出してしまうだろう。何十万人いても統制が取れない。人間は兵力として使いものにならない、ということがわかったはずだ。

どうしてこんな馬鹿なことを繰り返してしまうのか、といえば、それは人間が馬鹿だからである。人間に政治を任せないことが、未来的な解決になるのだろうか。

56 約束が守れない人は、自分のことを過大評価している。

自分を過大評価しているから、これくらいは楽にできると考えて仕事の依頼を受け、約束をしてしまう。ところが、ちょっとした不具合で、それができなくなるため、締切を破り、約束も果たせない結果になる。僕は、自分のことを過小評価している人間なので、無理な仕事を引き受けないし、約束をきちんと守る自信もないから滅多に約束をしない。

未来に何が起こるのかわからない。なにが起こっても自分は対処できるなんて思えない。明日は体調が悪くなって、起き上がれないかもしれない。そうなると十時間で完了できると思える仕事は、百時間以上余裕を見ないと「できます」と返事ができない。僕がこれまで一度も締切に遅れたことがないのは、この余裕と、たまたま致命的なトラブルが発生しなかった幸運に恵まれただけだ、と考えている。

締切が守れない人には、二種類ある。一つは、前述のように自分を過大評価し、自信に満ち溢れている人である場合。もう一つは、仕事量がどれくらいかという目測を誤った場合である。後者は、単なるミスなので、頻繁に起こることではない。もし、頻繁に目測を誤る人がいるとしたら、その仕事に不慣れか、そもそも力量がない人だといえる。

とても間に合わない、最大限の努力をしてぎりぎりではないか、と目測しても、その仕事や締切設定を断れない人もいる。「やれるだけやってみます」ととりあえず返事をして、駄目だったときは謝ろう、と考えているのだ。そして、実際に間に合わず、謝ると、相手も許してくれる。そうなることを相手が予期していて、本当のリミットよりも早めの締切を設定していたからだ。これがよくあるパターンで、特に出版界では横行している。このような楽観主義者たちの業界だといっても過言ではない。

非常に重要なのは、締切に遅れたときに謝るのでは遅い、ということだ。それでは、謝る時期でも締切を破っている。迷惑がかかり、仕事の信頼を失うだろう。締切に間に合わないという不安がある時点で、「間に合わないかもしれない」くらいは伝えるのがマナーである。相手は、許容できる時間を教えてくれるかもしれないし、あるいは別の処置を考えることができる。引き受けたときにできなくても少し仕事をすれば、予測はできる。

「遅れる」というのは、少し待ってくれれば良い、というものではない。入学試験のとき、一分だけ答案を渡すのを遅れたらどうなる？　「一分だけ待ってくれ」と言っても無駄である。「遅れる」とは、「その時点で無となる」という意味である。遅れる人は、その時点で「いない人」になる。採点もされない、減点でもない、まったくのゼロである。

57
二十五年以上、毎日ブログを書いてきたので、もう経験しなくても書ける。

日記を書いて公開し始めたのは、一九九六年の八月だった。まだ「ブログ」という言葉もなく、単に自分の研究室のサーバに簡単な記録として残し、ネット公開していた。その後、サーバや形態を変えつつ、現在まで、ほぼ途切れることなく続いている。書籍として出版もされ、三十冊くらいにも及んでいる。

十年ほど書いた頃から、毎日書くのが面倒だし、忙しくて時間が取れないこともあったため、それを見越して、未来のことをあらかじめ書き溜めるようになった。数日さきの出来事を書いておくのだ。そのうち、これが数週間とか、それ以上にもなった。だいたい毎日同じことをしているし、それくらいさきのことなら、何をしているかは想像ができるので、特に苦労もなく書けてしまう。ネットで公開されるのは当日になってからだが、その時点で修正しなければならない箇所はほとんどなかった。抽象的な内容が多いし、世間で起こっていることをほとんど取り上げないから可能だった。

一年くらいさきの日記を書くこともあった。ストックしておいて、あとで使える文章になる。一年さきは季節が同じなので書きやすい。ブログに写真を付けるようになっても、一年ずれていればわからない。一方、違う場所で撮影したものも使える。僕は、写真をよく撮るけれど、自分を写すことはない。自分が映っている写真をアップすることも滅多にない。そうなると、時間のずれだけでなく、場所のずれも簡単に盛り込める。

実際に自分の生活からは、時間も場所もかけ離れているところを想定してブログを書くことができたが、このようなことをしている人はいるだろうか？　小説が書ける人間なら簡単だと思うけれど、わざわざしないだろうか。方々へ出かけていって、風景や食べものの写真をアップしている人には無理だろうけれど、僕のように、どこへも出かけず、ほとんど趣味の世界に生きていれば、無理が生じない。

逆にいえば、いつ、どこで、といった具体的なデータなんて、いくらでも捏造《ねつぞう》できるということであり、そもそも本質ではない。具体的なものから、何を感じて、どう考えたのかが、その人を表現するのである。自分の写真をいくらアップしても、何を食べた、どこへ行ったと、具体的なアイテムを見せても、それらはそもそも虚構でしかない。

そういった具体的なもので「共感」を得ようとは思わないし、また共感が必要だとも感じていない。そして、僕のブログを読む人が、その人の頭の中で創り上げる森博嗣像こそが、その人にとっての実像であり、そこにだけ価値が存在する。

58 「かぞえ」で数えると一つ多くなる理由は、ゼロの存在にある。

まえにも書いたことがある。一般的な数え方では、現時点をゼロにして、次を1、その次を2と数える。たとえば、「二日後」というのは明後日のことを示す。オリンピックは「四年ごと」である。しかし、ちょっと以前までは、そうではなかった。現時点を1にして、次を2、その次を3と数える。この数え方を、ずばり「かぞえ」と呼ぶ。

たとえば、建物の階数は地面に一番近いのが一階で、その上は二階になる。当たり前のように思うかもしれないが、これも「かぞえ」である。イギリスでは日本の一階はグランドフロアで、二階がファーストフロア、三階がセカンドフロアだ。ゼロが基本で数える。

法要の初七日は、六日めになる。四十九日もそうだ。茶摘みの八十八夜も同じく、八十七日めである。各地で行われるお祭りなどで、「七年めに一度」と説明されているもののほとんどは、実際には「六年に一度」である。祭りを行った年を一年めとして、七年めと数えるからだ。この日本古来の数え方に従うと、オリンピックは五年めに開催される祭典となり、「五輪」ならぬ「五年祭」との当て字にしたかもしれない。

僕が子供の頃には、人の年齢も「かぞえで七歳」といった。この場合、生まれたときに既に一歳であり、次に訪れる正月で二歳になり、あとは正月ごとに一歳ずつ増えていく、という数え方なので、だいたい一歳多い数字になる。大晦日に生まれた子供は、次の日には二歳児となる。七五三もかぞえ歳で行うのが本来だから、まだ立てない乳児に服を着せて写真を撮らなければならなくなる。これを避けるためか、今は「かぞえ」ではなく、「満」と呼ばれる歳の数え方になった。誕生したときは〇歳で、次の誕生日で一歳になる、というわけだ。かぞえの場合、「一年ごと」とは「毎年」と同じ意味になる。

イギリス人は合理的なので、地面の位置を〇とし、次の二階を「1階」とした。こうなると地下一階が「-1階」とできて、整合性が取れる。日本の場合、「地下二階から地上二階まで何回階段を上る?」を「2-(-2)＝4」と計算してしまい、正解の「3」にならない。ようするに、「かぞえ」を採用したのは「ゼロ」の存在を知らなかったからであり、最近になって、これが改められたことで、「満」の数え方が普及したのだ。

伝統の祭りの多くが、頑なに「七年に一度」と謳っているのは、今更変えられないからだと思われる。紛らわしいことだ。ただ、「初七日」などは、これが名称になっているので、初六日とはいいにくい。また、「四十九日」は、六日ごとに法要を行って、それの7回めだから、かぞえが二重になっていて、誤差が大きい。

59 「寸前」と「直前」と「間際」は、同じようで違っている。

同じような意味の言葉である。英語では、「just before」だが、その「際」の意味で「verge」がある。ようするに、なにかが起こる時間的にほんの少しまえを示しているわけだが、たとえば、「爆発寸前」と「爆発直前」では、何が違うだろうか？

文章を書く人ならば、使い分けることができるはずだ。「爆発寸前」の場合、今にも破裂しそうな危なさが目に見えるようだが、「爆発直前」は、非常に冷静にデジタルの数字を確認している気配がある。「寸前」では、実際に爆発が起こらず、食い止められたという予感を抱かせる。だが、「直前」は、そのあと爆発しただろうな、と思わせるだけだ。「寸前」は、問題の短い時間をスローモーションで捉えて主観的だが、「直前」は時間が順調に流れていて、非常に客観的な立場からの観測結果である印象を受ける。ちなみに、「間際」というのは「寸前」に近い表現だといえる。

予約した時間の少しまえに突然キャンセル、という場合、「直前になって」が使えるが、「寸前になって」とはやや不自然。一方「間際になって」はまったく自然である。この場合は、「間際」は「直前」に近い。難しいものである。

三者とも時間だけでなく、距離についても使える。「ほんの少し手前」という意味で、「寸前で止まった」などといえる。空手などで実際に当てない技を「寸止め」といったりする。もともと「寸」というのは、長さの単位だし、量が少ないことを意味する。「すんでのところで」という言葉もあるが、これは「寸」ではなく「既のところ」らしい。ただ、「もう少しのところで」という意味は同じである。

「直前」には、逆の意味の「直後」があるけれど、「間際」は、それも含んでいるように感じられる。また、「寸後」という言葉はないようだ。ことが起こったあとは、「直後」しか使えない。「間際」は含まれると書いたが、直後についての意味はないのかも。それ以外に、「途端」があって、これは「直後」に近いが、ほぼ同時も含むので、「間際」の反対かもしれない。英語なら「as soon as」になる。日本語訳の「するやいなや」は、ほぼ死語なので、「〜した途端」と訳す方が良いだろう。

「爆発寸前」という言葉をよく使う友人がいた。黙っていて機嫌が悪いのが表情でわかるので、「どうした？」と尋ねると、「爆発寸前」と答えるのだ。一緒に店に入って、注文したものがなかなか届かないときも、「遅いね」と言うと、「爆発寸前」と言う。冷静な口調で囁くから怒っているようには見えない。彼が爆発したところは見たことがない。

60

どのジャンルのショートエッセィに人気があるか、意見が分かれる。

このクリームシリーズの百のエッセィには、抽象的かつ教訓的なテーマ、森博嗣の近況、言葉の意味や語源について、最近の社会動静、などがごった煮になっている。この「ごった」とは何か、という話は今は書かないでおこう。「ごちゃ混ぜ」もしかり。

読者の感想では、「近況とか言葉の定義は飛ばして読んでいる」という人もいるし、「近況が知れて嬉しい」と書いてくる人もいるし、「ほかは難しいけれど、言葉についての考察が面白い」というファンもいる。傾向としては、森博嗣の小説を読んでいたが、最近新刊がちっとも出ないから痺れを切らしてエッセィに手を出したグループと、森博嗣の書いた新書を読んで、そのひねくれた視点にかちんと来たのか、少し他のものも読んでいちゃもんをつけてやろうと意気込むグループ、あるいは、カバーのイラスト可愛いし、ちょっと開いてみたら見開きで終わる短文だから、これなら通勤のときに読むのに都合が良いかもと思って買ってみたグループなどに分かれ、そのそれぞれで、「読みたかった」ものが違っているから、そうでないものは「いらないもの」になり、読み飛ばす結果になっているのかもしれない。これは想像である、と書くことが多いが、普通、全部が想像だろう。

僕は、このように広くばらついているものが好きで、そのばらつき具合にこそ、作る人の個性や能力が現れると考えている。いろいろな話が飛び出し、しかも飛躍しているほど面白いと感じる。だから、なるべく同じような方向の話にならないように努めて書いている。だが、もっと広く方向を変化させると、情緒不安定な人間だと見なされる恐れがある。実際そのように思われた経験が多々あるので、いつも自制し、突飛《とっぴ》なことを思いついてもすぐに話さず、導入の仕方や、話すタイミングを図るようになった。したがって、本当に面白いぶっとんだ話は、「これはまた今度」とボツにしているのである。

人は読みたいものを読む。これは良いことだと思う。好きなものを読めば良い。しかし、読まないと好きかどうかはわからない場合が多いことも事実だ。そうなると、少し読んでみて、駄目だったら読み飛ばすしかない。読書が好きな人は、きっとそうしているのだろう。ミステリィのように、最後まで読まないと、価値がわからないものもあるから、ここはもう、著者で選ぶ信用商売になる可能性が高い。読者を裏切ることの多い森博嗣などは、裏切られたい少数のファンにしか支えられていない。

知識や情報を得たい場合には、この「好み」が支障となる。ネットのニュースなど、好みのものが選択されて前面に出てくるので、気をつけた方が良いだろう。ご愁傷さま。

61 食事というものは同じことの繰返しで、満腹になればもういらない。

食事が趣味の人や、料理を作ることが生き甲斐の人には大変申し訳ない。僕は、食事を毎日するけれど、空腹が困るからしているし、満腹になると気持ちが悪くなる体質なので、気をつけて、少しだけいただくようにしている。美味しいものを少し食べるのは、まあまあ良い気分になれることは事実だ。しかし、優れた芸術作品に触れたり、新しい知識や理解を得たり、面白いことを思いついたり、自分で作り出したりすることに比べると、「美味しい」というのは大した感動ではない。しかも一瞬のことだし、またすぐにそれが食べたいとは思わない。普通の人も、「もの凄く美味しい!」と叫ぶわりに、それだけを食べ続けるわけではない。忘れた頃に食べる程度のことだ。

極論すると、食べるのは生きていくためのエネルギィ補給であって、クルマにガソリンを入れるのと同じだ。クルマの本領は、そのガソリンを燃やして何ができるか、という点にある。ドライブのとき給油が一番の楽しみだ、というドライバはいないはず。クルマにとっても、満タンになって重くなるので、その分だけ走りには悪影響となる。単に、あと何キロかを給油なしで走り続けられる、という安心感、これが満腹感の本質である。

少しSF的というか、星新一《ほししんいち》的になるけれど、錠剤を一粒飲めば、一日のエネルギイ補給ができ、空腹感が消え、しかも余分な栄養がないため健康にも良いとなれば、その食事を選択する人がけっこういるだろう。もちろん、口を動かす運動などは別の体操で補うことになるか、これもそのためのサプリが現れるかするだろうし、この生活をしていれば胃が退化するのでは、と心配になる向きもあるはず。そういう心配がないとして、の話だ。

そればかりになると、ちょっと寂しい気もするけれど、若いときの僕だったら、絶対にこの生活を選んだと思う。食事をすることが面倒でしかたなかったからだ。あと、トイレにいくのも面倒だったし、寝ることも面倒だった。それらの時間が惜しいと感じていたのだ。現在は、さすがに人間らしい生き方をしているので、そこまでは思わない。

ただ、出てきたものを食べているだけだが、ときには食べすぎたりする。だから、食べすぎを知らせるセンサとかメータがあると良いなとは思う。あとで気持ちが悪くなるのが嫌だからだ。出されたものは全部食べなければならない、という強迫観念もある。これは子供のときにそういう教育を受けたからだろう。好きなものだけ、食べたいものだけを摘《つま》んで、あとは残し、捨ててしまう、ということが最近では問題になっている。無駄をなくすため、未来の人間は、充電するだけで生きられるようになるかもしれない。

62 日本人の平均年収が低いというデータは、何を意味するのか?

働いても働いても豊かにならない。賃金が低いからだ。これは政治が悪い。社会が悪い。そう考える若者が多いという記事をよく見かける。そういう記事が多いのは、それを肯定したい人が多いからだろう。たしかに、集計の仕方によっては、そういった数字を出すこともできる。そんな具体的な話はともかく、ここでは抽象的なことを書こう。

大勢の若者と接してきたが、その生活は一変し、今ではメールのやり取りをする程度になり、日本の社会の現状を観察するには、少し遠くなった。それでも、数十年まえに比べて、今の若者がとんでもなく厳しい状況にあるとは認められない。多少は厳しいかもしれないが、そもそも若者の人数が激減しているので、競争率が上がっているとも思えない。よく、平均年収など、平均値を持ち出す議論がある。その数字に比べて、自分は少ないとか。あるいは、日本の平均値は外国に比べて、こんなに悪い状況だ、といった議論である。平均というのは、そのグループの数字の合計を人数で割った値である。いかにも、その平均値の近くに大勢がいるような印象を与える。しかし、それは分布を見なければわからない。自然界の多くのものが、正規分布と呼ばれる、中央が高くて左右対称に裾が広がる形に分布する。そして、その中央に平均値があり、そこからの外れ具合を偏差値という数字にして表現する。試験結果などに出てくるのもこれである。

試験の点数は、〇点から百点の間に必ず入る。身長の統計を取っても、平均値付近が一番多く、低い人も高い人も、とんでもなく外れることはない。〇センチや三メートルの人はいない。ところが、年収になると少し事情が違う。

年収の最低値は〇である。借金を抱えている人をマイナスとして勘定しない。また、上限はなく、上はいくらでも高い人がいるだろう（もちろん、千兆円も稼ぐ人は日本にはいないが）。たとえば、百人のうち一人が十億円の年収で、二十人が五十万円、残りの七十九人が年収〇だとすると、この合計は十億一千万円だから、平均すると千十万円になる。二十人の年収が五百万円になっても、〇円になっても、平均値は一割も変化しない。この百人の中には、この平均の年収に近い人は一人も存在しないことに注目しよう。

日本人の年収がジリ貧になった原因は、消費税とかの税金の問題でもないし、デフレのためでもない。直接的な要因は、日本の企業がジリ貧だからだ。日本全体が稼げなくなったからだ。その原因が何かは難しい問題になるけれど、一つだけ挙げるとすれば、ＩＴ化の遅れだろう。営業にばかり力を注ぎ、理系的発想の不足によるものだ、と僕は思う。

63

子供の頃からよく見た夢が、今は形を変えて現実になっている。

何度か書いていることだが、僕は夢をよく見る。そしてしっかりと覚えている。夜に寝ているときに見る夢のことだ。一夜で四本立てくらいだろうか。全部覚えていることもあるが、たいていは、起きる直前まで見ていたものの記憶が鮮明なので、その前の話を思い出せない場合が多い。たとえば、映画を何本か続けて見たり、本を何冊か続けて読んだときに、一つまえ、二つまえと遡《さかのぼ》って思い出せるかどうかチャレンジしてもらいたい。思い出そうとする習慣を持つと、どんどん覚えているようになる。僕が夢を覚えているのは、夢を思い出そうとする習慣によるものだ。十代のときにそれをしたことが効いている。

若いときには、近所に模型屋ができる夢をよく見た。また、二十代になると、ラジコン飛行機が飛ばせる広い場所を見つける夢を頻繁に見た。もっと小さいときには、車を運転する夢が多かったが、免許を取ったら見なくなった。模型屋は、日本中、そして世界中巡ったのち、今はネットでなんでも手に入るようになったから、もう夢に出てこなくなった。また、飛行場も、クラブに入会して飛ばす場所が決まっている間は夢を見なかったし、今はすぐ隣の草原で飛ばせるので、やはり夢には登場しない。

つまり、夢が文字どおり夢でなくなった、ということだ。ちなみに、研究者になる夢も、小説を書いたり、それが大当たりしたりする夢も一度も見たことがない。大学を辞めてから見るようになったのは、学会で出張したり、委員会に出席する夢である。遠くまで電車に乗って出かけて、知らない街を歩いたりするリアルな夢で、怪獣とか化け物も出てこないし、殺人事件にも遭遇しない。そうそう、そういった警察沙汰になるような夢は見たことがない。映画で見るような冒険ものも、あるいはSFも見るには見るが、はらはらどきどきしない安全なものばかり。いたって現実的であり、普通の生活が描かれた（？）平凡極まりない夢が主流である。どちらかというと、文学的で芸術作品になりそうなタイプのものである。表現の斬新さで感動することがままある。

自分で工作をする夢を見たことがない。これは、たぶん毎日工作をしているためだろう。達人が工作をしているところを見学する夢は見たことがある。実際には、そういったシーンを見たことはない。犬を散歩に連れていく夢も見ないし、モニタに向かって文章を書いている夢も見たことがない。やはり現実は夢には現れないのだ。

もう試験を受けることはないのが現実なのに、試験を受けたり、試験問題を作ったりする夢は見る。一番多い夢のキイアイテムは「忘れもの」である。これは現実にまだある。

64 火事や爆発の現場に行って、調査をしたことが何度かある。

一般の人は、火事と爆発事故をほとんど区別していない。炎が爆発的に上がったら、爆発だと信じているのは、TVドラマやB級映画の爆発シーンを見慣れているからだ。実際の爆発というのは、炎が出ない。そもそも、爆発シーンは近くでは映像に捉えられない。一瞬で真っ白になるからだ。家が爆発することは滅多になく、たとえばガス爆発の場合でも、爆発的な引火による火災である。ダイナマイトで爆破するのとは大いに違う。

木造は全焼するし、鉄骨構造も骨組みが曲がって崩れる場合が多い。唯一、そのまま構造が残るのが鉄筋コンクリート造（RC造）だ。マンションなどに多い。RC造で火事が発生すると、その部屋か、その一戸だけが燃えて、隣には延焼しない。稀に、炎が窓やベランダから伸びて、上階に移ることがあるが、消防が駆けつければ、滅多にこうはならない。普通、室内にある内装や家具などは一部屋で二十分くらいで燃え尽き、その後は火が弱まる。木造の一戸建てのように一時間以上も燃えるものがない。ちなみに、ガラスは熱で割れるので、そこから炎が噴き出るし、上階のガラスを割って、中へ火が移る。

火事のあと、その構造が使えるかどうかを判定するために調査をする。こういった依頼が大学の研究室にしばしばあった。火災があった両サイドは被害が比較的ない。下階は消火のときに水浸しになるが、構造に問題はない。上階は、火で熱せられた天井（上階の床）の変形が問題になる。下面が熱せられて天井が下に撓《たわ》む。この程度を調べる。一方床（下階の天井）は比較的健全である場合が多い。壁については、内装の木材はすべて燃えていて、コンクリートの壁が剝き出しになっている。コンクリートに劣化はないものの、熱せられたことで中性化が進む場合がある。コンクリートは最初はアルカリ性だが空気に触れている面から次第に中性化する。コンクリート内部の鉄筋は、アルカリ性に守られているが、中性化すると錆び始め、劣化する。鉄筋が劣化すれば、鉄筋コンクリートとして構造的に成立しない。これが建物の寿命となる。だから、火事現場では、サンプルを取ったり、コンクリートを何箇所かはつって、フェノールフタレインをかけてアルカリ性が保たれている深さを調べる。ガス爆発があった現場では、床や壁の変形を測定することもあるが、大きな変形を観測したことはない。やはり、爆発ではなく、爆発的な燃焼なのだ。

日本の住宅地は、木造家屋が密集しているので、風が強い日の火災では延焼が避けられない。空き家も被害を大きくするし、漏電などの出火元にもなりやすい。火事の件数は減少傾向にあるが、火事を撮影した映像は増えた。周囲の家々に注意をしておこう。

65 日本の笑いの大半は封じられ、これからが本当のユーモアの時代に。

日本人のジョークだったものは、おおかたが、今では「差別」や「いじめ」に属するものになった。ついこのまえまで、そういうもので大勢が笑っていた。また、ちょっとした暴力も笑いになり、驚かしたりする悪戯でも笑いを引き出していた。だんだん、このようなジャンルが正しくないという考え方が広まり、意識を急に変えられない人が逆に責められる世の中になったようだ。

かつては、いじめの一部はジョークだったから、いじられるのを笑っていられる人がいた。芸人のようにいじられることが嬉しい、スキンシップだと感じていたのだ。だが、今では、本人が良くても許されなくなった。そうなると、ちょっとしたジョークで場を和ませることが難しい、と感じる人が多いだろう。たしかにそうかもしれないが、正しいジョークの使い方を学び直すべきである。

ジョークというのは、危ないぎりぎりを狙うので、元来危険が伴っている。だから、ジョークを操るには、それなりの知性というか、思考力が必要になる。ジョークを言える人はインテリジェントを評価され、周囲から認められる。そういう文化が欧米にはある。映画やドラマを見ると、もうジョークの飛ばし合いみたいな様相で、そのジョークの中に、上品なものから下品なものまであり、その人物を表現する指標となるほどだ。

実際、つき合っていて面白いことを話す人は、例外なく頭脳明晰で、それを活かせる職業についている。口数が多いわけではない。それに、そのとき、その場の条件によって、適切なジョークを捻り出す。このようなユーモアというのは、違う言語に翻訳しても通じるものであり、単なる言葉の遊びではない（稀に、言葉の遊びを伴う場合もあるが、そこが本質ではない）。知的なアイデア、あるいは発想力がなければ出てこない言葉だ。

突然、そのジョークで会話が始まるのではない。会話の途中で、つまり相手が話したことに応じて返される場合が多い。つまり発想する時間は一秒もない。その短時間で飛び出すものだからこそ、周囲は一瞬あっけに取られ、何を言っているのか、と理解するのに一、二秒沈黙するしかない。そして、ジョークだとわかって、ふっと吹き出す。もし、ユーモアセンスがある人なら、さらに自分のジョークで返すだろう。

日本の映画やドラマを見ないので、新しい作品がどうなのかわからない。ただ、日本にはギャグはあってもジョークやユーモアはない、という時代が長かったので、あるとき見切りをつけて、見ないようになった。もう二十年以上になるだろうか。最近はどう？

66 ずっとＭａｃばかり使ってきたが、三十年振りにＮＥＣのパソコンを買った。

といっても新品ではない。中古で二万円くらいだった。書斎の三台のＭａｃと並んで、四台めとなった。実はこれ以外にも、二台Ｗｉｎマシンがある。それらは、ラジコン飛行機とヘリコプタのフライトシミュレータとして使っている。操縦の練習をするためだ。今回も、それに似ている。３ＤのＣＡＤや、３Ｄプリンタ（未購入）や、マイコン関係のプログラムなどに使おうと考え、勉強しているところだ。Ｗｉｎはこれまでほとんど使わなかったし、かといってマニュアル本なども読まないので、どうして良いのかわからない部分が多い。たとえば、マウスの上下スクロールがＭａｃと逆だ。Ｍａｃはこれを逆にする切換えがあるが、Ｗｉｎはどこで設定できるのかわからない。マウスを上下逆にして持てば良いのだが、形があまりにも不適切になり、クリックもやりにくい。まあ、小事ではある。

ｉＰｈｏｎｅも、今では模型の操縦や設定に使う機会が増えてきた。僕は電話としても、メッセージ交換用としても、カメラとしても使っていないので、ほとんどラジコン用のアイテムとなっている。Ｗｉｎと同じような位置付けだ。もしＭａｃでもう少しこの分野のことができたら、どちらも使わなかったかもしれない。Ｍａｃは、仕事（執筆や連絡）で使う以外には、研究（調査、連絡）と娯楽（映画や動画や読書）に活用している。

十数年まえに出たＭａｃＢｏｏｋ Ａｉｒには、初めてＨＤＤではなく、ＳＳＤが搭載された。四十万円くらいしたように記憶している。ＨＤＤはハードディスク。ＳＳＤはソリッドステートドライブといい、モータで回転するディスクがなく、メモリィスティックなどと同じような記憶媒体だ。ＨＤＤは寿命が短いから、これまでパソコンが壊れる主な原因となっていた。では、ＳＳＤ搭載パソコンはどのように壊れるのだろう、という興味があった。

その後、僕はＭａｃＢｏｏｋ Ａｉｒを六台購入したが、いずれもまだ健在で、不具合はない。ただ、ＯＳが古くなって使いにくくなっただけである。これからのパソコンは、ソフトの劣化が寿命を決めるわけだ（もちろん、キーボードなどの機械類は寿命が短い）。

さて、Ｗｉｎマシンをちょくちょくいじっているけれど、とにかく使いにくい。Ｗｉｎｄｏｗｓというのは、Ｍａｃのシステムを真似して作られたＯＳだが、追う者は、先を行く者を越えられないのだろう。もっとも、最新のＷｉｎｄｏｗｓではないので、文句は筋違いかも。

作業の向き不向きでいえば、文系ならＭａｃ、理系ならＷｉｎである。しかし、日本では何故かこれが逆になっていて、文系の職種の人たちがＷｉｎマシンを使う社会になった。このちぐはぐが、日本のＩＴ化を遅らせたのではないか、と疑いたくもなる。

67 「会話形式」が面白くないのは、テーマ以外の余計な応酬があるためか。

「森先生、Gシリーズはいったいいつ終わるんですか？　速筆の森博嗣が泣きますよ」

「どこで泣いているの？　それは是非見てみたいな。しかも、何故泣くのか不思議だね」

「私が森博嗣なら、とっくに終わらせています。前作が四年まえですよね。待たせすぎ」

「そんな昔のことは覚えていない。君が森博嗣だったら、きっと一作めで終わっていた」

「それ、まえにも書きましたよ。一時間に六千文字書けるんでしょう？　書いて下さい」

「Gシリーズは五文字だから、一時間で千二百回書けるね。それで終われるなら良いが」

「もしかして、アイデアがないのですか？　思い浮かばないから書けないのでしょう？」

「アイデアなんかいつもないんだ。あったためしがない。ないままで書いているからね」

「ああ、私も作家になりたいなあ。キーボード早く打てても、馬鹿だからなれません」

「もしかして、自分が馬鹿だとわかったの？　それは、なかなか凄いことだと思うな」

「馬鹿にしているんですか？　キーボードの練習はできても、馬鹿は治りませんよね」

「いや、自分が馬鹿だと気づけるのは、それほど馬鹿ではない証拠といえる。たぶんね」

「ときどき書いてみたいと思うんです。でもキーボードに向かうと頭が真っ白になって」

「白髪染めって知っている？　あれは黒髪染めと呼ぶべきだよね。白くは染めないから」

「頭の毛が真っ白になるんじゃありません。頭の中が真っ白になる気分がするだけです」

「頭の中というと、光が入らないから真っ暗闇だから、真っ黒になる気がするな、僕は」

「とにかく、書く道具と書く技術があっても、書くことが思いつかない、という意味です」

「でも、書こうと思いついたわけだよね？　そのとき何を書こうと思いついたのかな？」

「だから小説ですよ。私ならGシリーズをこのように終わらせてやるぜ、と示そうかと」

「ほう……。興味深い心理だね。是非、書いてみて。書けないことはないはずだからね」

「本当に書きますよ？　なにを書いても良いですか？　二次創作ですよ。大丈夫です？」

「嬉しそうな顔をしているけど、なにか考えがあるんだね？　笑わないからいいなさい」

「どうして笑われることって決めつけるんですか。恥ずかしいかもしれないでしょう？」

「書けないのに、いやらしいことだとわかっている。概念がさきに表出しているのかな」

「いえ、違います。いやらしいから書けないのではなくて、えっと、なんというのか……」

「常識的ではないから？　でも現代社会はずいぶん変化してきているから、大丈夫だよ」

「本当に大丈夫ですか？　知りませんよ。本当に、こんなの書いてもいいんですか？」

「こんなことといえるほど既に頭の中で具体的になっているのは、ある意味素晴らしい」

68 音声認識が一般的になったから、もうキーボードは不要になると思います？

「前のページですけど、余白がほとんどありませんね。あれは調整しているのですか？」

「たぶん、そうでしょうね。しゃべっているところを記録したら、こうはなりませんね」

「一時間に六千文字書けますように、と七夕のとき、短冊に書いたの、無駄でしたか？」

「口述で小説を書く人はいますよね。でも、話す方が大変。カッコ開くとか言うわけ？」

「間違えたときに、少し戻ってやり直すのが面倒臭そうです。キーボードの方が楽かな」

「口は一つだけれど、指は十本あるから。そういえば、スマホの入力は親指一本だっけ」

「そうなんです。あの方式では執筆には向きません。先生は、ローマ字入力ですよね？」

「英語を打つこともあるから。ひらがな入力なら、一時間一万文字の人がざらにいるよ」

「一時間一万字書けたら小説一作が十二時間くらいでしょ？　半日仕事じゃないですか」

「半日もキーボードを打っていたら、手がつると思う。実際に経験してみればわかるよ」

「今まで、一作書くのに、最短どれくらいでしたか？　是非参考のため聞かせて下さい」

「いや、そんなトライをしたことがない。博士論文は二十万文字くらいを四日で書いた」

「博士論文って、そんなに長いんですか？　先生のその論文はどこで読めるのですか？」

「国会図書館。読んでも意味不明。国会図書館ってどこにあるのか、知らないけれどね」

「音声認識は、先生は使われていますか？　Ｓｉｒｉはどうですか？　執筆以外でですけど」

「使ったことない。普段は声を出すのは犬に対してだけ。うちの犬は音声認識しますね」

「自動車にも導入されたし、宣伝ではよく見かけますが、今後、普及するでしょうか？」

「さあ、なんとも。関心ないなあ。手が不自由な人にとっては、素晴らしい技術だけど」

「『Ｆ』を書かれた頃には音声認識はありませんでした。実現すると予測されました？」

「当時は難しいだろうといわれていました。でも、いずれは実現すると思っていたかな」

「当時は、文字を読む、いわゆるＯＣＲもなかったと思います。同じ難しさなんですか？」

「文字認識は形状認識だから、印刷された活字は比較的簡単。手書きはかなり難しい」

「小説の中でＡＩが人間と会話をしていますよね。あれは、実現が近いと思われますか？」

「既に実現しているでしょう。ジョークを言ったりするようになったら本物だけれどね」

「そこまでいくと、ＡＩが小説を書くようになりますか？　あと絵を描いて作曲とかも？」

「簡単にするでしょう。安全に自動車を運転するのに比べても、だいぶ簡単だと思う」

「そうなんですか。今のところそういうＡＩ芸術家の話は聞きませんけれど。いますか？」

「人の援助ならしているんじゃあ？　でしゃばらない方が得だと考えているのでしょう」

69 気温の低い土地で暮らしていると、こんなことが日常になるといういろいろ。

寒いといっても、氷点下十五℃くらいがせいぜい。夏は二十℃くらいになる。自動車のクーラをつけたことはない。家にはクーラがない。冬は約半年間、床暖房をつけっぱなし。室温は家中どこでも二十℃に保たれ、とても快適。朝もTシャツで裸足で歩ける。

水道は地下一メートルくらいに配管されている。五十センチくらいの深さまでは土が凍ってしまうため。だから、冬は土を掘ることができない。雪は一年に数日くらいしか降らない。ただ降った雪は解けないので、そのままずっと残る。毎日、犬の散歩に出かけるが、冬は外に水がないので泥濘がなく、犬の足がまったく汚れない。夏は、夕立があるから、帰ってきてから足を洗ってやらないといけないことがたまにある。

ダイソンの掃除機を十台くらい使っていて、家の方々に置いている。母家は大丈夫だが、少し離れたところにあるゲストハウスは、しばらく使わないと室温が下がり、掃除機が動かなくなる。ダイソンは三℃以下ではモータが回らない設定になっているからだ。

雪というのは「寒い」との印象を日本人は持っている。しかし、雪が降るような日は雲が多く、放射冷却がないため低温にならない。冬は晴れている日の方がずっと寒い。だから、雪を見ると「暖かい」と感じるようになった。実際、冬山で遭難した場合も雪の中でじっとしていた方が良い。晴れた夜は危ないし、危険なのは風である。

氷点下十℃くらいまでは、どうってことない。手袋がなくても近所の散歩くらいはできる。それ以下になると、肌が露出している顔とか手が痛くなる。それくらい低温になったら、シャボン玉で遊ぶことにしている。シャボン玉が空中で凍って、手の上に乗る。

自動車は、特に困るような事態にはならない。エンジンはすぐかかる。ただ、低温のときはアイドルストップしなくなる。ウォッシャ液は冬は使えない。屋根か庇《ひさし》のある場所に駐車しておけばガラスは凍らない（霜が降りない）。シートにはヒータがあるけれど、一番困るのはハンドルの冷たさ。だから、ホカロンなどでハンドルを温めると良い。

雪はほとんど粉雪で、パウダ状だから、握っても雪玉は作れない。雪達磨も作れない。地面に積もっても、風で飛ばされて、どこかに吹き溜まる。吹き溜まったところへ車で夕イヤを入れるとスタック（走行不能）することになる。春が近づき、暖かくなってから降る雪は湿っていて、日本で一般的に降る雪と同じ。この雪はとても重い。

窓は二重か三重。アルミサッシの家はない。ドアの密閉度も凄いので、湿度が高い日には、刑事ドラマのシーンみたいに体当たりしないと開かなくなる。

70 「やりこい」「へちゃこい」「ぺちゃこい」「ちっこい」の「こい」って何？

僕の奥様のスバル氏は、「やわらかい」のことを「やりこい」とおっしゃる。また、「平たい」のことを「へちゃこい」と、「小さい」ことを「ちいこい」とおっしゃる。彼女は大阪の女だが、生まれは山口県で、彼女の母上はラムちゃんみたいなしゃべり方で最後が「〜っちゃ」になる。このほか、既に書いたが、擬態語が特殊で、車で途中下車することを「ぽーんと下ろして」と、また、開けっ放しのことを「ぱあぱあやな」と表現される。

「小さい」ことを「ちっこい」ならいうかもしれない。この「こい」は、たぶん「濃い」のことで、「小ささが濃い」という強調表現ではないか、と思っている（調べていない）。

ちなみに、「濃い」ことは「こいい」とおっしゃる。どうも、これは西日本ではかなり広く使われているらしい。「濃ゆい」と同じだろうか。スバル氏の影響かどうか定かではないが、うちの子供たちは「ピンクい」と言っていた。「赤い」「青い」「黄色い」とくればば「ピンクい」となるのは、かなり論理的な推測といえ、ある程度評価できる。

結婚して異文化に触れる体験をしたわけだが、たとえば、味噌汁が「濃い」ときには、名古屋では「辛《から》い」という。だから僕がそう言うと、彼女は「辛い？」と顔を変形させてオーバに驚くので、こちらまでびっくりしてしまう。「塩辛い」なら通じるようだ。「こいいとゆうこと？」と念を押されるが「こいい？」とまた返してしまう。この逆の場合は、「薄い」で良い。味が薄いことをTVでは、「上品な味」といっているようだが。

「へちゃこい」も「ぺちゃこい」も平たいことだが、この「平たい」が人によって使い方がさまざまだ。「凸凹《でこぼこ》していない」という場合と、「煎餅状に厚さが薄いこと」の場合がある。両者はだいぶ違う。「顔が平たい」のは、鼻が低く目が窪んでいないことなのか、それとも頭の奥行きが小さい、横から見ると薄い、つまりスポンジボブみたいな形状なのか、わかりにくい。まあ、わからなくても致命的な失礼にはならないだろうが。

「汚い」という意味で「ばっちい」といういい方がある。子供言葉っぽい。「ばちこい」も聞いたことがあるのだが、スバル氏に確認したところ、「そんなこと言わん」と否定された。反対の意味で「きれこい」もないそうだ。使えそうな予感がするだけか。ちなみに、「ばっちこい」というと、「いつでも良いから来てね」の意味だそうだ。

力学を専門としているので、たとえば、「やりこい」と言われても、粘りがないのか、脆《もろ》くて剪断《せんだん》しやすいのか、それとも変形しやすいのか、わからない。すなわち、弾性と強度と粘性の高低でいってもらわないと、性状がイメージできないのである。

71 「いけず」も結婚して初めて知った言葉である。「生け簀」ではない。

これも西日本で広く流通しているらしい。「意地悪」のことである。だが、意地悪ほど明確な悪さをするわけではなく、なにかのとき、少し意に反した行為があった場合に使うらしい。教えてほしいのに、「秘密」と笑って言われた場合などだ。僕は、人のことを「意地悪」だと感じた経験がないので、なかなか使う機会がなかったが、犬を二匹飼うようになって、犬どうしでちょっとした場所の取り合いをしたりするとき「いけずやな」と関西弁で言ってしまうことがある。大阪というよりも京都でよく聞かれるかもしれない。たとえば、暴力を伴うような虐めは、「いけず」とはいわないような気がする。これは僕の感覚だし、僕は「いけず」という言葉を使ったことがないので、保証はできない。まったく関係ないが、「生け簀」というのは、川などで獲った魚を生かしたまま逃げないように囲っておく場所のことだ。死なせてしまうと新鮮さが失われるので、食べる寸前まで生かしておく仕組みだ。料亭に水槽があって魚を泳がせていたりするのもこれである。刺身になっているのにまだ動く魚が皿に乗って出てくるが、あれは「生けづくり」といって、やはり新鮮さを売りにしている。食べる客も動く魚にきゃあきゃあ歓声を上げたりするが、知らない者がみれば、ただの残酷料理だろう。生きものに対して「いけず」なのではないか、と感じる。子供のときの僕はあれが嫌いだった。だから刺身をあまり食べなくなったのかもしれない。白魚の踊り食いなんかも、何が嬉しいのか理解できない。

不思議なことに、植物の生け簀というものは見たことがない。料理の寸前まで土に植わっているとか、皿にも土ごと運ばれてきて、その場で刈り取って食べる、というのはできそうなものだが、もしかして新鮮すぎると、かえって味が落ちるのだろうか。

また話は戻るが、こちらがなにかの質問をしたとき、「何だと思う？」とき返す人がいる。教えてほしいから質問しているのだが、「どうしてだと思う？」とまずは答えない。もったいぶっているつもりなのだが、もったいぶるようなことか、という疑問が大きい。相手をちょっといらっとさせ、機嫌の悪い顔を見るのが趣味なのだ。こういう変な趣味を持った人が「いけず」ではないか、と僕は認識している。

個人のＴｗｉｔｔｅｒなどでときおり見かけるのは、自分の秘密をクイズにして、三つのうちから選べ、なんて呟いている人。誰も、そんなもの知りたくないし、誰も尋ねていないのだ。もっと多いのは、とにかく「好きなものは？」とかを尋ねてもらいたい人たちである。「呟き」という日本語は、独り言のことだ。質問の返答は「呟き」ではない。

72 「もしくは」や「あるいは」は、既に会話に使われない。若者には通じない？

理解してもらいたかったら「それか」を使った方が良い。これは「それとも」の意味。「もしくは」は、「もしも」と同じ意味に使っている人がいる。それは良いとして……。

役所から届く文章ほどわかりにくい日本語はない、と何度も書いているのだが、特に税務署の書類は意味がまったくといって良いほど取れない。読んでも読んでも何をいっているのかわからない。そんな難読文に「もしくは」がよく登場する。確定申告を自分でしたことがある人なら、わかってもらえるのではないか。

初めて確定申告をしたとき、書類に記入するのに何日もかかった。小説を一作書くよりも時間がかかったと思う。最近では年金の受給申請書を記入するのに三日ほどかかった。日本語は読み取れるし、読めない漢字もないし、文法も間違っていない。でも、意味がわからないのだ。そこに登場する単語が特殊すぎる。それが何を意味しているのか説明がない。たとえば「特別扶養対象者の限定免除対象となりうる家族が当該期間もしくは指定扶養者の継続期間に存在する場合は申請時の補助を希望する金額の上限を記入のこと」などである。これは今フィクションで書いたので本気にしないように。つまり、熟語それぞれは理解できても、それらが集合した名詞が何を意味しているのかわからないので、全体の文章は雰囲気しか伝わらない。小説だったら、なにかそれらしいリアル感を醸し出すので効果的だけれど、そんな効果を感じ取るだけでは役所の書類に対応できないのである。

僕が書いたエッセイは、入試や模試の国語の問題で引用されることが頻繁だが、森博嗣の文章は簡単すぎるだろう。是非、役所の文章を国語の問題にしてもらいたい。教科書でも取り上げて、「この特別とは何が特別なのか答えよ」と問うことで、役所文章解読能力を高める教育をしてもらいたい。そうでないなら、役所に「優しい文章課」を設置して、すべての文章を添削してもらいたい。住民の利益となることまちがいない。

「もしくは」に似た意味で「ないし」もなかなか手強い。よく使われるのは、「から〜まで」の意味で範囲を表すときだが、もうほとんど使われていない。お堅い席での報告などのときに飛び出すだけの絶滅危惧種である。ただ、「揺り籠から墓場まで」を「揺り籠ないし墓場」と言い替えられるとは思えない。これが、「揺り籠もしくは墓場」となると、いずれか一つの選択になり、中間の存在が埋没《まいぼつ》するようだ。まあ、人生も似ているが。

英語では「or」だし、数学では「または」が標準である。「もしくは」には、「前者が普通だがひょっとしたら後者かも」という気持ちが少し混ざっている点が異なるようだ。

73 「逆にいえば」といいだした以上、ちゃんと逆のことをいってほしいときがある。

「逆に」だけでも同じ意味である。「逆に見れば」も同じように使われるが、これは視点を変える場合。たとえば、AとBが競走してAが勝ったとき、「Aは勝者だが、逆に見ればBは敗者だ」は、ぎりぎり許せる。しかし、これを「逆にいえば」にすると馬鹿っぽい。全然逆になっていないからだ。「人間は自然を破壊するが、逆にいえば、自然は人間に破壊されているのだ」と、単に受け身表現にしただけの文章も散見され、書いた人の知性が疑われる（この場合、馬鹿さ加減は疑いようもないが、慣例として書いてみた）。短い文章だと誰もが笑うだろうが、長い文章になると気づかない。また、「自然破壊は人為的なものなのだ」のように表現を変えると、もっともらしくなる。でも、馬鹿な文章だ。

よくあるのは、「不景気でみんな落ち込んでいるが、逆にいえば、商売のチャンスになる可能性がある」などの使用例である。ただ、これは「逆にいえば」がなくても意味はそのままで、わかりやすい。「逆にいえば」は、「頭を切り替えて」とか「こんなときだからこそ」のように、ちょっとした強調として挿入されているだけだ。

「逆手に取って」という表現もある。不利な状況を上手く利用して、活路を見出すような意味である。だが、利用できるような手があるということ自体が、不利な状況ではない。つまり、大勢にとっては悪い状況だが、ある個人はこれを利用して利益に変えることができる状況を示している。大勢の人間がいて、それぞれ条件が異なっているのだから、それを平均的に見ている姿勢にそもそも問題がある。不況とか就職難などが、そうだろう。そういう場面だからこそ有利な条件もあるだけの話。結果として、ここところを比べてみると、逆になっている、との結果論でしかない。もちろん、断言や評価の多くは結果論なので、特に非難しているわけではなく、そういう言葉でいちいち感動して騙されないようにしよう、との意味で書いている。

「逆に〜」という言葉がこんなに多用されるのは、物事を客観的に見る姿勢がどんな場合でも大切であることを物語っているだろう。より高い視点から俯瞰するような思考が多くの場合、問題を解決に導くからだ。たとえば、スケッチをする場合に、見ている風景をそのまま描くのではなく、奥からこちらを見た絵を想像して描くことを考えてみれば良い。なかなか難しいと感じるはずだが、人間の頭脳はそれくらいの想像力はあるだろう。

「AならBだ」の逆は、「BならAだ」となることが数学の「逆」の定義。そして、「逆は必ずしも真ならず」という法則まである。逆が成り立つのは「たまたま」ということ。

74 ネット社会の発展によってもたらされる「都会」というシステムの崩壊。

田舎に住んでいるが、本当に便利になった。なんでもすぐに買える。買えないものはない。また、僕には無関係だが、大勢の人に自分を見てもらいたいという人も、田舎でそれが体験できるようになった。都会へ出ていくことは、昔は社会の中心、あるいは世界という舞台に立つことだったけれど、今はその場がネットにシフトしている。

したがって、ネットの普及によって役目を奪われたのが都会である。情報集中と人間集中が生み出す利便性が都会の価値だったのだが、今それが完全に奪われようとしている。もちろん、そこに住んでいる人たちは、簡単には意識が変わらない。まだ都会に需要があると信じているし、その賑わいこそ、人が求めているものだと疑わないだろう。

密度を上げるためには、一人当たりの占有面積を小さくするしかなかった。このため、狭い住宅に住むことを強いられ、また移動するにも電車でぎゅうぎゅう詰めになる。このような「皺寄《しわよ》せ」が都会のデメリットだった。高層ビルを建設したり、鉄道網を展開し、さらにそれらの維持に必要なエネルギィも高くつく。

ネット社会は、基本的に省エネである。また、個人が好きな場所で暮らすことができる。基本的に移動しないが、移動したい場合は、それだけの料金を支払う。もっとも、他者と会うことや観光に出かけることも最小限になるので、総量としては微々たるものになるはずだ。問題は、水道などのインフラの維持と、災害に対する防御である。逆に、そういった業種が、これからのビジネスで主流となるだろう。

ネット社会が広がりを見せたのは、ほんの十年ほどまえのことだ。現在の都会に既得権を持っている人たち（多くは資産家だが）がもちろんまだいて、しばらくは都会を維持しよう、という宣伝活動を行うだろう。マスコミも政治もそれに追従するから、都会の崩壊あるいは衰退はしばらくはゆっくりとしか進まない。ただ、どこかで堰《せき》を切ったように加速する可能性が高い。数十年あとのことだと思われる。

東京のような大都市ほど、既得権者が強い。地方の都市は、それよりも早く衰退する。まず、その都市の中心地（いわゆる繁華街）が衰え、人のアクセスが減り、交通関係の業界が弱り始める。人口減少が拍車をかけ、不動産価格も下がる一方。それが、しだいに大きな都市へ連鎖し始める、といった未来が見える。

一方、ネット社会は、ヴァーチャルの解像度をどんどん上げて、体験できる感覚がリアルに近づく。そういった解像度や感覚再現の精密さが、新しい「都会」となるだろう。

75 「早く」始めるように出版社に助言したネット書店と電子出版。

助言したといっても、出版社の社長に直談判したわけではない。担当編集者や、せいぜい部長あるいは編集長と会食をするような機会で、今後のこの業界の展望に話題が及ぶことが多く、そのたびに「出版社はネット販売をした方が良い」とか、「電子書籍ももっと前面に出した方が良い」と進言していた。だが、多くの場合、それがすぐにできない理由を語られるだけに終わった。いわく、出版社は書店ではないので販売を直接することに積極的になれない、電子化を自社内で行うだけの技術力がない、出版界で足並みを揃えてそういった技術開発あるいは業務統合をしたいところだが、小さい会社が多く、足並みが揃わない、といった感じだった。僕がこの話をしたのは二十年以上まえ、前世紀末のこと。

今世紀になると、Ａｍａｚｏｎが登場し、それに危機感を抱いた大手書店がネット販売を推進しようとする姿勢を見せたが、チェーン店を展開するような企業でも、単独の書店では荷が重すぎただろう。あれよという間にＡｍａｚｏｎがスタンダードになった。僕も、本をＡｍａｚｏｎで購入するようになり、ここ十年ほどはＡｍａｚｏｎでしか本を買わなくなってしまった（なにしろ、書店がどんどん消えていき、近くになくなったことが大きい）。

電子書籍は、僕がデビューしたときに既にあった。コピィプロテクトの問題や、それを読むのにパソコンが必要であることがネックだった。当時のパソコンは、ノートでも今の倍以上重かった。片手で持てる文庫本に対し、電子書籍が勝てるわけがない、という見方が一般的だったのだ。

さらに、紙に印刷されたものだけが書籍である、と主張する作家も多かった。読書の楽しみ方として、モニタで文章を読むなんて考えられない、とおっしゃっていた。彼らが今でも電子書籍を出していないかどうか、僕は知らない。

書籍の販売で認知されたＡｍａｚｏｎは、本以外のあらゆるものを販売するようになった。特に、送料無料というサービスによって販路を拡大しただろう。「どうして送料がただにできるのか？」と疑問を抱く人が多かったが、普通の商品はトラックで工場から問屋、そこから店へと運び、さらに棚に並べ、飾り付けをして、売れ残れば処理をしないといけないし、接客のための店員もいるのだから、これらの人件費に比べれば、一回の送料など知れている、と見るべきだろう。とにかく、小さな店も、そして大きなショッピングセンタもどんどん淘汰されていくはず。次は、Ａｍａｚｏｎが出版社をも吸収する勢いである。

何故、日本人にはこれができなかったのだろう？　何にしがみついていたのだろう？

76 ひねくれたエッセィを書いているから、「性格の悪い人」だと思われるようだ。

なかには、「性格の悪い人でないと売れるエッセイを書けない」という人もいる。これは、たしかに一理ある。つまり、この発言をした人の「性格の良さ」というのは、みんなに合わせ、空気を読む常識的な人物の傾向なのである。たしかに、そういう常識人は、なんの変哲もないことしか書けないかもしれない。だから読みものとしての魅力がない、との理屈である。エンタテインメントは、どこか非日常的な突飛さが不可欠だからだろう。

その点については、僕はあまり意見がない。ただ、自分の書いたものが商品となっているのは、自分が少数派だからだろう、とは認識している。多数派に受けるものを書いたら、もっと部数が伸びて稼げるかもしれないが、おそらく多数派のエッセイは数が多いだろうから、シェアの争いになるともいえるため、どちらが有利だとは一概にいえない。

そうではなくて、ここで問題にしたいのは、空気に流されない、常識的でない価値観を持っている、人と違った見方をする、という「ひねくれ者」は、「性格が悪い」のだろうか、という点だ。たぶん、大勢と協調できることが性格の良さだ、と認識されているのだと窺われる。だから、性格の良い人としか友人になれない、などと考えたりするはず。

　僕は、「性格」というものに良い悪いがあるとは考えないけれど、それでも、「性格が良い」という言葉は知っているし、使うことがある。僕がそれを使うのは、だいたい「素直」な場合である。この「素直」も、人によって受け止め方がかなり違うだろう。

　たとえば、僕は自分のことを非常に素直な人間だと認識していて、とにかく素直に生きようと心がけている。そして、自分に対して素直な判断をすると、人とは違う結果になることが多い。このとき、周囲に同調し、自分の考えを抑えることは素直ではない、と思っている。逆にいえば、見かけ上みんなに合わせる風見鶏的な空気を読む性格というのは、どちらかといえば「性格が悪い」といっても良いだろう。そんな裏表のある人間とは長く親しくつき合うことは難しいかもしれないな、と想像する。そこまで考えて、友達になるかならないかを決める機会など現実にはありえないが、Ｔｗｉｔｔｅｒでたびたび「この人とは友達になりたくない」的なもの言いが見受けられるので、あえて書いてみた。友達になりたいかなりたくないかは、相手ではなく自分の性格にむしろ影響されるだろう。

　理屈で判断せず、特定の人の意見に必ず反対する、というのが「ひねくれ者」の定義だ、と僕は思う。この立ち位置に近いのは政府に反対する野党である。だが、その野党でさえ、ときには政府に賛成するはずだ。いずれにしても、性格ではなく知性の問題である。

77 好きな作家を挙げるよりも、好きなYouTuberを挙げた方が自己表現になる。

Twitterを眺めていると、読書趣味界隈では、自分の好きな作家を列挙している人をよく見かける。同じく、好きなミュージシャンや好きな役者なども多い。漫画の場合は、漫画家よりも作品を挙げている人が割合として多いが、これは一人の作家が何作も出せない環境の違いにあるのだろう。この「好きなものリスト」というのは、個人のプロフィールとしても活用されていて、自分をわかってもらいたい人たちが積極的にアップしている。

いつも書いていることだが、僕は趣味の合わない人とつき合う方が有意義だと考えている人間で、趣味の部分的な一致に価値があるとは認めていない。しかし、人のことをとやかくいうつもりもなく、基本的には「やれば」と思っているだけだ。

小説というのは、もの凄くマイナな趣味だ、と以前にも書いた。数でいうと、日本人の一千人に一人が読んだ作品なら大ベストセラである。だから、「誰もが知っている有名な作品」というのは、千人に一人が知っているだけだ。あなたが気に入っている作品になると、一万人に一人くらいの確率になるから、知っているだけで、もう奇跡の出会いといえるし、しかもそれを好きだという人はもっと少ない。だが、作家になると、この確率はだいぶ高まって、やはり一千人に一人くらいにはなる。こちらも奇跡的な出会いだ。

　若者の間では、どのＹｏｕＴｕｂｅｒが好きか、の方がずっとメジャな主張といえる。音楽も役者も、どんどん多様化していて、選択肢が多く、しかも人気が集中しない。ばらけているから、好きなもののリストを挙げても、なかなかヒットする人には巡り合いにくくなっているだろう。ただそれでも、小説家を挙げるよりはだいぶ確率が高い。

　たとえば、「鉄道好き」になると、かなり人数が多く、百人に一人くらいの確率で気の合う人が見つかる。ただし、鉄道にもいろいろあって、最初は話が合っても、好みが全然違う、アプローチのし方も違う、となるだろうから、相性が良いのかどうか難しい。

　僕の奥様は、もともとは漫画創作を通じて知り合ったが、漫画の趣味はまったく異なるので、同じ作品を読むようなことはまずない。というか、本を貸し借りするようなこともない。このほか、あらゆる趣味や意見がまったく相容れないので、できるだけ話をしないように努めている。日常会話なら問題ないが、少し深い話になると、「いいや、それは違う」と言い合うことになり、険悪な雰囲気を醸し出すだけだ。お互いにそれがわかっているので、相手の趣味には立ち入らない。それぞれ好きなことをして、楽しそうならそれが一番、絶対に邪魔をしたり反対をしたりしない。スパイダマンは僕も嫌いだけれど……。

78

「スポーツカー」というのは「スポーツマン」と同じようなものなのか。

道路を走っている車をしばらく眺めていると、さまざまなタイプのものが行き交っているのがわかるだろう。大きいものから小さいもの。タイヤの数もドアの数も、また色も形も違う。舗装された一般の道路に限ってもこれだけ違う。戦車は走っていないし、Ｆ１カーも走っていない。道路を走れないほど大きい車もあるし、省エネを競ったり、太陽光発電で走る競技車、ジェットエンジンやロケットエンジンで速度記録を狙う実験車、はたまた月面で使われる車もある。どれも自動車なのに、こんなにいろいろな種類が存在する。

自動車は目的別に設計・開発されるが、人間はそういった目的もなく生まれてくる。だから、自動車ほど見た目の個体差はない。それでも、いろいろなタイプの人間がいて、やはりなにかしら目的別に分かれていくように見える。個人の希望や才能によって、目指すものが異なり、特定のスポーツに特化した人間になったり、見た目の形を自分の理想に近づけたり、試行錯誤しながら生きていく。問題となるのは、「あれになりたい」という人間に簡単にはなれないことだろう。それは、大型トレーラがスポーツカーになれないのと同じだ。いくら荷物を捨てて、走り方を真似ても、ほんの少しの変化しかない。自分はスポーツカーになった気分になれても、みんなは「走り屋のトラック」と見るだけだ。

では、スポーツカーとはどんな車なのか。スポーツカーとして設計された車だ。それはF1レースに出ても勝てないし、スピードも半分くらいしか出ないし、急カーブを高速で曲がると横転してしまう車である。普通の乗用車と大差はない。ほんの少し馬力があるとか、形が流線型なだけである。スポーツマンと呼ばれる人だって、オリンピックに出られるわけではないし、すべてのスポーツが得意でもないし、毎日スポーツをしているわけでもない。なんとなく、ファッション的な指向がスポーティなだけで、多くは主観による。

頭の良い人の中にも、いろいろな頭の良さがある。頭脳明晰というけれど、たいていは、受け答えが的確で判断が早いという程度の機敏さにすぎない。数学の偏差値が高いのか、将棋が強いのか、記憶に優れているのか、あるいは新しいアイデアをいつも出すとか、それぞれの分野で活躍する頭脳があるものの、頭脳タイプは簡単に見分けられない。

車を速い順、重い順、長く走れる順に並べることはできるし、人間も背の高い順、重い順、ある特定の運動や知識や発想のテストの点数順に並べることはできるだろう。しかし、それで、どの車が一番か、どの人間が一番優れているかを決めるわけにはいかない。だから、ある人が別のある人より優れていると決めることなど不可能なのである。

79 戦争には審判がいない。何故なら、ルールがないからだ。

戦争の現場の悲惨さが即時ネットで世界中を巡る時代になった。この点では、たしかに前代未聞といえる。しかし、以前から人間はこれを繰り返してきた。武器を開発し、それを生産し、しかもそれを使う訓練を続けている。その延長線上には、悲惨な殺戮《さつりく》がある。そんなことはあってはならない、と綺麗事を叫びながら、ずっと続けてきたことだ。

平和を指向し、軍隊を持たないと憲法に定めたものの、そんな甘っちょろいことでは国は守れない、という意見も聞く。僕の個人的意見だが、核戦争になったら殺される覚悟はある、戦争になったら殺されて死ぬだけだ、と考えている。その覚悟があるのなら、武器を持たない、核兵器を廃絶する、と主張することができるだろう、と感じている。

民間人を意図的に殺したと騒ぎ立てているけれど、スポーツではない、ルールがないのが戦争だと僕は認識しているので、武士道とか騎士道とか、そんな楽観的な考えを持って軍隊を維持していたのか、と違和感を抱く。軍事施設だけを攻撃し、殺して良いのは銃を持っている兵士だけである、それなら「人道的」だというのだろうか。そもそも、戦いになったら、なるべく相手の被害を大きくし、相手の戦う意志を削ぐことが目的になるわけだから、相手の弱い部分を攻撃し、できるだけ被害を大きくするのが戦法といえる。なるべく戦争を早く終わらせるには、勝つしかない、相手がやめてくれと手を上げるまで殺戮を続けること、それが戦争というものではないだろうか？

たしかに、一定のルールがあるように見える。実際に、過去にそういった条約を締結した場合もある。ただ戦争というのは、そんな約束をも無視して始めるものだろう。これも歴史を見れば明らかだ。もう我慢ができない、と一線を越えて突入するものだからだ。

法律があって、警察や裁判などの仕組みがあっても、殺人やテロがなくなることはない。殺人犯は捕らえられ、処罰される。しかし、そういった処罰を覚悟した人間は、法を犯すことになんの躊躇もないだろう。自分の命は当然懸けている。そういう人間の行為は防ぎようがない。世界には警察もなく裁判もない。国を裁く仕組みはない。国に罰を与えるとしたら、その国民を苦しめるしかない。国を監禁することはできないのだから。

たしかに、あってはならないことであるけれど、ありえないことではなかったはずだ。つまり、そうなる可能性はもともとあった。その可能性を消すには、物理的に不可能にするしかないが、それを誰もしなかった。報復が怖いから攻撃してこないだろう、という楽観と、兵器で商売をする既得権者たちが、「軍縮」を妨げているのである。

80 アドバイスを求められ、真剣に考えて答えても、結局は聞いてもらえない。

アドバイスは、するのも受けるのもあまり好きではない。そもそも人に影響を与えたくない、と常に心に留めている。それなのに、アドバイスを求められることが非常に多い。嫌だと思っているから「多い」と感じるのかもしれないが、大学に勤めていたときは学生たちや同僚の研究者から、また作家の仕事を始めてからは、主にファンから、ときどき編集者から、広い範囲の（特に僕の専門外の）質問や相談を受けるのである。一つには、僕が比較的黙っているから、なにか話しかける切っ掛けとして問われるのかもしれない。

問われれば、しかたなくあれこれ考えて、これくらいはいえるかな、と判断できることを話すようにしている。無難なところであるし、理屈としてこれが正しい、といった返答になる。けれども、多くの場合、相談者にとってそれが不可能な解決策だと返されるか、そのときは納得したような感じでも、その後アドバイスに従った様子が窺えない。

「そうですよね、やっぱり」と答える人も多い。つまり、本人はどうすれば良いか知っているのだ。知っているのに、それができない状況にあるか、それともただ、できないと思い込んでいるのだ。できない理由というのは、僕には知らされない場合もある。

僕は、基本的にできることを返答しているつもりだ。不可能な方法を「こうしなさい」といえるほど無神経ではない。こちらとしては、親切心をもって答えているのだから。

結局、僕のアドバイスは実行に移されず、ただ意見を聞いただけになる。その場で会話をしたかっただけなら、それで充分だろう。でも、僕としては、考えたことが実現されないのなら、次からは真剣に考えるのはやめよう、と思うに至る。別のことを考える方が有意義だ。考える時間が惜しい、といつも感じてしまう。時間を無駄にしたくない。

だいぶ年月が経過してから、同じ問いかけを再びしてくる人がいる。そのときには、本人も少し乗り気になっていて、「やっぱり、先生がおっしゃったことをやってみようかと思います」と言ってきたりもするのだが、僕は黙って微笑むしかない。そして、心の中では、「遅い。時期を逸したね」と呟くのである。

どんな判断にも、タイミングというものがある。実行するといっても、準備が必要だし、ある程度さきになる。だから、判断はそれを見越して、未来の状況を想像して下さなければ意味がない。ところが、先を見越した判断は、時期尚早と拒否される傾向にある。まだそこまで切羽詰まっていない、というわけだ。そして、切羽詰まったときに、ようやく腰を上げようとするから、遅い。アドバイスには賞味期限があることをお忘れなく。

81 「わからない」にはいろいろありすぎて、どの意味なのかわからない。

人の意見に反対するときに「わからない」を使う傾向については何度か書いた。「わからない」というので詳しく説明しようとしても「聞きたくない」と拒否される。つまり、「わからない」のではなく「わかりたくない」という意味なのだ。

また、「これが何か、わからない」は、それを「知らない」という意味だが、「どうしたら良いか、わからない」のときは、方法を「思いつけない」である。英語だと、それぞれ「I don't know」「I have no idea」になる。全然意味が違うが、日本人はその違いを認識していない。言葉というのは、それくらい認識という行為を制御している。もう少し説明を追加すると、前者は、考えても答は出てこない（覚えたものを忘れている場合もあるが）。後者は考えていないだけで、時間をかけて考えれば答が出てくるだろう。

また、「知らない」という意味の「わからない」にも、いろいろある。全然聞いたこともない、つまり知った経験がない場合と、過去に一度知ったけれど、今は思い出せない場合である。前者は答を聞いても「へえ」としかならないが、後者は答を聞いて、「あ、そうそう、そうだった」と思い出せる。

また、「思い出せない」に近い別の場合もある。それは、記憶はしていても、今問われているものの答だと気づかない、という状況で、答を聞いたときに、「なんだ、そのことでしたか、それなら知っていました」という反応になるだろう。これは、「知る」という行為が、どんな情報とリンクして記憶されているのかによる。単語を覚えるだけが「知る」ことではない。知識というのは、単なる暗記ではない、ということ。

最初に戻って、どうすれば良いのかわからない、という状況で、「わかる」人間になるには、自分が持っている知識から、なにか新しい道筋を考えられる思考力を養わなければならない。この訓練は、学科でいうと数学が最も近い。文系の人が苦手とする能力だ。

もし「わからない」が「考えられない」の意味なら、「もう少し考えてごらんなさい」と助言するしかないだろう。なにしろ、既に解決法があるなら、それは「知らない」の意味になり、調べたり、誰かから教えてもらうことができる。おそらく、現代の若者の多くは、自分で考えられない問題は、検索するか、誰かに問いかけて教えてもらおうとする方法でしか「わかる」ことはできない、それ以外に問題は解決しない、と信じているだろう。

生活においても、仕事においても、人間関係においても、自身の問題を解決する方法を「知る」ことはできない。それは、自分の頭からしか出てこないからである。

82

子供の頃にプラモデルで戦車を何台か作り、大人になっても作りたかった。

子供の頃に抱いた夢をたいていは実現させているのだが、自分が乗れる戦車は、まだ作っていない。キャタピラで動く除雪車を持っているから、これでほぼ満足できてしまったかもしれない。小学生のときには、ヤークトパンサ(当時はロンメルと呼んでいた)が好きだった。これは砲塔が回転しないタイプで、いかにも構造的に強そうに見えた。

四十代のときに、タミヤのプラモデルでラジコンの戦車を作った。エンジンのサウンド付きだし、発砲するとその反動も再現される。今も、ときどき庭で走らせている。

特に戦車が好きだというわけではない。キャタピラに興味があって、ブルドーザなどの建設重機でも良かったのだが、その種のプラモデルがなかった。戦車というと、ほとんどが何故か第二次大戦中のドイツのもので、日本やアメリカの戦車は人気がなかった。見るからに弱そうだったからかもしれない。

作家になってから、取材で戦車に乗車させてもらったことがある。これは希望したのではなく、誘われたからだった。自衛隊の基地でのデモンストレーションで、九〇式戦車。

砲塔のハッチから躰を入れて、胸から上が外に出た状態で走らせてもらった。車内が見たかったが、内部は秘密だといわれた。不整地を五十キロくらいのスピードで突っ走っても、乗り心地は良く、サスペンションが柔らかい印象だった。大砲を撃つのは、別の日に演習場で見学しただけ。この戦車は、標的に狙いを定めると、車体が走って傾いても大砲の狙いがずれないし、弾も自動装塡だと聞いた。高速道路を走るときは百キロ近い速度が出せるそうだが、スペックは控えめに公表されているらしい。

ほとんどの人が、戦車の運転席は、大砲がついてる上部の砲塔の中にあると思っているようだが、そうではない。運転手は下部の前部に近い位置に乗っている。エンジンは後方にある。普通は三人か四人乗っていて、運転のほかにやることがあるわけだ。残念ながら、この取材を活かした小説は未執筆。僕が書く話には、出てくる機会がなさそうだ。

だいぶまえから、戦車という武器はもう役に立たないだろう、といわれてきた。安価なミサイルでやられてしまうし、遠くへ運ぶのも大変だ。もう出番はないだろう、といわれながら、戦争になるとまだ登場する。今回の侵攻でも、大量の戦車が出てきた。やられてガラクタと化した映像ばかりが目立ったが、現場にいれば、戦車は怖いものだろう。

念のために……。拳銃や戦車や戦闘機が好きな人が沢山いる。日本刀や鎧兜が好きな人も多い。これらを「戦争反対！」という理由で非難するのは筋違いというものである。

83

完璧ではないものが長生きする理由は何か?
不合理を抱える生き方とは。

自分の作ったものでいうと、飛行機や機関車でこれが観察できる。完成時に今ひとつ気に入らないところがあるとか、その後何度も修正しないといけないとか、そんな不完全なものほど、使われる頻度が高く、しかも長く現役でいられる傾向にある。逆に、これは完璧に近いと感じたものは、大事にされすぎるのか、その後の使用回数が少ない。いつの間にか、引退していることもある。人間でも、これがいえるかもしれない。ちょっと困った部分がある友人が、思いのほか長いつき合いになる。他方、出会ったときに相性が良いと感じた人は比較的短い期間で疎遠《そえん》になることが多い。あまり気に入っていない服を毎日着ているし、特別に気に入っている服は、普段は着ないから滅多に出番がない。

「玉に瑕《きず》」という言葉があるが、完璧なものに小さな傷がつくと、そのときはいたくがっかりするものの、それで諦めがつくのか、比較的使いやすくなる。新車を買ってちょっと傷をつけた経験がある人はわかるだろう。たとえば、完璧に作った模型飛行機を飛ばすときにはストレスがあるし、一度飛ばしたら、もうもったいなくて飛ばせなくなってしまう。友人の場合も、完璧であったり、好きになりすぎるとかえってプレッシャを感じるため、気安く接することができず、親しくなれない、といった結果となるのかもしれない。不完全なものは、自分でも気になる。悪いところが目につき、いつも手直しを繰り返すようになる。このため必然的に長いつき合いになるし、修正を繰り返すうちに、傷物ではあっても愛着が湧き、また最も使いやすい道具となる。ぬいぐるみも、よく遊んでいるうちに汚れるし、弾力もなく姿勢も垂れてくるが、そこがまた可愛く見えてくるものだ。

完璧なものができると、作ることで学ぶ機会がなくなる。たまたま成功したというだけだ。しかし、失敗をすると、どうするべきかを学べる。傷がつく分だけ自分が成長できる。完璧なプログラムは、万が一トラブルがあったときに、どこからチェックすれば良いのか途方に暮れるだろう。不備があって幾度か修正したプログラムは、ああ、あのあたりがいけなかったのでは、と見当がつくし、直しているうちに詳しくなっている点も有利となる。もちろん、長く使うものほど傷は多くなり、それを「勲章」と呼んだりもする。

完璧であることに拘らず、また完璧だからと期待しないことが重要である。その拘りが柔軟性を阻害し、その期待がミスがあったときの落胆を大きくする。他者に対しても自分に対しても、完璧を求めない、つまり期待をしなければ、がっかりすることもなく、対処に集中できるだろう。騙し騙し、修正を繰り返して生きていく方が安全かもしれない。

84

ジェームズ・ボンドは、どうしてタイムロードみたいに生まれ変われるのか？

タイムロード（Time Lord）は、イギリスのSFドラマ「Doctor Who」の主人公で、死んでも何度か蘇《よみがえ》り、その都度、違う姿、顔、そして性別になれる。この設定があるから、このドラマは何十年も続いている。ときどき役者を変えて一新できるからだ。一方で、「007」も長く続いているし、何度か役者が交代しているが、どうも同じ名前で、同一人物らしい。だとしたら、タイムロードなのではないか、と普通なら推理するところだ。

ちなみに、これらのシリーズをすべて僕は見ている。007では、ダニエル・クレイグが一番格好良いと思う。Doctor Whoでは、やはり最新のジョディ・ウィッタカが良いと思う。だいたい、新しいものほど良いのが普通なので、僕にしては順当すぎるか。

海外ドラマのシリーズものが好きなので、イギリスとアメリカのものを沢山見ている。以前は映画だけだったし、テープかDVDを入手する必要があったけれど、最近はドラマがほぼ無料で見られるようになって、大変喜ばしい。素晴らしい時代になった。

面白いドラマは、人気が出るからシリーズも長くなる。だから、シーズン数が多いものを見るとハズレがないだろう。エピソードが百以上あるものも多く、登場人物がだんだん歳を取っていく。アニメや小説にはない時間が、実写作品には流れているのだ。今後、ＣＧでドラマが作られるようになれば、役者が死んでもドラマを続けることができるだろう。

イギリスとアメリカで、ミステリィものはだいぶ違っている。インスペクタかディテクティブかの違いもあるが、最も目立つのは、アメリカはすぐに銃を撃つこと、最後は犯人が撃たれて終わる場合が多いことだろう。その点では、イギリスものの方が日本に近い。これがスパイもの、アクションもの、そしてＳＦになっても受け継がれる傾向にある。アメリカは本当に銃に頼った社会なのだな、と感じられる。

最近のものになるほど、各種差別のエピソードを組み込んだシナリオが増えてきた。かつては、それが殺人の動機になる物語があったのに、切り替えの早いことに感心する。

アクションは、とにかく際限なくド派手になり、ＣＧにも支えられ、現実離れしつつあるのだが、やはり映画ほどは金がかけられないＴＶドラマは、そういったシーン自体が短い。それでも、日本のドラマに比べたら格段に凝った映像が見られる。

何度か書いているが、日本のものを僕が見ないのは、やはりシナリオの差である。ちょっとした会話、ちょっとした設定が考え抜かれていて、高い脚本だな、と感じることが多い。これは、小説でもまったく同じで、翻訳された海外ものの方が平均的に面白い。

85

YouTubeにアップした動画が七百を超える。全部見たら何時間かかるだろう。

ブログに写真をアップするのは二十五年まえから始めていた。最初は切手みたいに小さい写真だった。そのうち写真が当たり前になり、次は動画をアップするようになった。動画は容量が大きいので、やはり名刺みたいに小さいサイズだった。そこへ、突然大きいままアップできるプラットフォームが現れ、それがYouTubeだった。二〇〇九年から、動画をコンスタントに公開するようになり、十二年以上になる。アップした動画は七百ほどになるので、平均で毎月五つくらいをアップしている計算になる。

ただ、分野がマイナだ。小説に関係のある動画は皆無で、もちろん森博嗣の名前も使っていない。欠伸《あくび》軽便鉄道として、庭園鉄道の運行状況と、庭で遊ぶ犬たちの様子を撮影しているだけだ。例外的なのは、ラジコン飛行機やヘリコプタが飛ぶところくらい。どこかへ出かけていくようなこともなく、人間が登場しないものがほとんど。また音楽もナレーションも一切伴わない。とにかく地味な動画である。コメントなどの反響も少なく、また、それらに対するリプライもしていない。親しい知合いは、コメントを書き込むよりメールをくれるので、必要な連絡などはそちらで用が足りている。

初期には、日本語で簡単な解説を付けていたが、見ている人のほとんどが日本以外の人たちなので、いつからか英語になった。庭園鉄道のブログでも同じで、英語のページの方が多く見られているし、日本人からのメールは非常に少ない。

客観的なデータを挙げておくと、全視聴回数は三五〇万回、チャンネル登録者数は四千人、だいたい一日に千回視聴されている、という程度で、マイナであることは確か。それでも、僕はYouTuberかもしれない。収益を求めるような設定にはしていないので、ボランティアのYouTuberである。いつまで続けるか決めていないけれど、そろそろ潮時かな、という気は仄かにしている。

僕は、写真も動画も、ネットにアップするものだけを撮影し、アップしたらメモリィから削除しているので、ブログのサーバが終了したり、YouTubeがなくなったら、なにも残らない。残そうとも思っていない。全部消えてしまうのが良い、と考えている。

また、写真も動画も大きな画面、高解像度で撮影していない。それほどのものではないだろう。SNSで膨大な容量で自身の記録を残そうとしている人が多いけれど、あれは何のためなのだろう、と不思議に思っている。昔の写真を見るとしたら、犬が赤ちゃんのときのものくらいで、自分が映っている写真なんか見たいと思ったことがない。

86

エンジンが好きで、今でもときどき始動している。

排気ガスを噴出し、ばりばり騒音を出すエンジンが子供のときから好きだった。電池をつなぐだけで回転するモータにはない魅力があるからだ。今でこそ、モータも強力になったが、僕が子供の頃には、エンジンに比べてモータは非力で重かった。だから、飛行機やヘリコプタをモータで飛ばすことは困難だったのだ。臭いし喧《やかま》しいし、オイルで汚れるけれど、エンジンは頼もしい動力として飛行機模型界に君臨していた。しかも日本は、エンジンを生産する技術で世界に冠たる地位にあった。実車でも、ホンダのエンジンがＦ１で他を圧倒していた時代である。自動車も、搭載されたエンジンで選んでいるくらいだ。

エンジンは、スイッチを入れれば回り出す、というわけにはいかない。なにかほかの動力で最初は回してやる必要がある（蒸気エンジンは例外）。だから、巻きつけた紐を手で引っ張って回すか、あるいはモータで最初だけ回してあげることになる。始動すれば、あとは回り続ける。回転が停止するとまたかけ直さないといけないので面倒だ。回りっぱなしにしておく方が良い。だから、自動車が停止してタイヤが止まっても、エンジンは回転を続ける（これをアイドリングという）ようにした。仕事をしていないときも、エンジンは回って、燃料を消費している（近頃の車は、アイドリングを止めるものが増えたが）。仕事をしないで寝ているときも心臓が動いている人間も、これと同じだ。

ピストンのあるエンジンは、シリンダの中で往復運動を繰り返す。このため、どうしても振動が生じる。この振動を和らげるためにシリンダを増やして一つずつを小さくし、ピストン運動が互いを相殺するようにバランスさせることで振動を軽減する。また、爆発で生じる熱の処理や、燃料を気化させ圧縮してシリンダに送り込み、点火して爆発させるときの方法に、様々な工夫が凝らされている。ほんの少しパワーアップさせるだけなのに、もの凄く面倒な処理をする、まさに技術の結晶のようなものが、現代のエンジンだ。

模型のエンジンには、実際に燃料で稼働するものと、ディスプレィとして実物の縮尺で作られるものがあるが、僕が楽しんでいるのは、前者である。回してこそ面白い。

田舎に住むようになったおかげで、草刈り、ブロア、除雪機などのエンジンを扱うようになった。また、庭園鉄道の機関車にもエンジンで走るものがある。ときどき始動しなくなり、キャブレタを分解して掃除をしなければならない。整備が必要である点は、普通の家電製品と大いに異なっている。最近は、タービンエンジン（ジェットエンジン）にも手を出して、ときどき運転を楽しんでいる。火を吹き、もの凄い騒音を立てる。

87 「大きいけれど赤ちゃんはもう赤ちゃんではない」が獣医さんでワクチン接種。

大きいけれど赤ちゃん、と呼ばれている犬の世話を僕は担当している。もう四歳になったので赤ちゃんではない。体重は二十二キロあって、標準的なシェルティのおよそ三倍も大きい(母犬は七キロだ)。二十四時間ずっと僕の側にいる。風呂にも入ってくるし、ベッドにも上がって寝ている。雨でも雪でも毎日欠かさず散歩に二回出かけている。

車に乗るのが大好きで、助手席が彼の場所になってしまった。庭園鉄道にも乗車して庭園内をぐるりと巡る。これまで飼った犬の中では一番賢いし、一番大人しい。とても優しく、怒ったことがない。心配なのは食が細いことくらい。

今日、車に乗せて獣医さんに連れていった。一年振りである。健康だが、ワクチンを打たなければならない。獣医さんに近づくと、もう耳が下がってしまい、建物の中に入ると震え出し、よしよしと宥《なだ》めるしかなかった。予約をしていったので、すぐに診てもらえた。診察台の上にのせると、ますます震えて、僕をじっと見つめるばかり。けっして獣医さんを見ない。歯茎のチェックをされるときだけ、無理にそちらへ顔を向けた。

特に虐められたわけでもないし、一年に一度しか来ない場所なのに、どうしてこんなに怯《おび》えるのかが不思議だ。これ以外で、躰が震えるような様子を見たことがない。雷が鳴っても、停電になっても、怯えるようなことはない。ここだけで見られる反応である。予防接種で注射を打たれることは、このほかには狂犬病くらいだ。注射を打たれる瞬間にはキャンとも言わないし、びくりともしない。全然平気の様子である。僕は注射が嫌いなので、注射を見ないようにしている。傍から見れば、だいたい犬と同じだと思う。

獣医さんの建物を出たところで、笑顔に戻り、そのあとは絶好調だった。ワクチンの副作用が出るかもしれないので安静にしなければならないが、車に乗り、助手席で大騒ぎしていた。嬉しいと吠えてしまうので、黙るように何度も命じなければならない。運転の邪魔になるからだ。車が走りだすと、すれ違う対向車に対して、妙な声を上げる。すれ違う音を真似ているような感じで、面白がっていることはまちがいない。ほかに反応するものといえば、サイレンの音。上を向いて口を窄《すぼ》め、遠吠えのように音の真似をする。

フリスビィの空中キャッチが得意だ。ホースで水を飛ばすと、水流に食いつこうとする。幼馴染みの犬がいて、滅多に会わないが、その犬の名前の最初の「リ」を発音するだけで、窓まで走っていき外を見る。引出しの開け閉めや、スイッチが大好きで、それを操作するとき、近くへ飛んでくる。「そのうち言葉をしゃべる」と奥様が予言している。

88

お金の減らし方ばかり考えているのだが、これといって決め手が見つからない。

これまでの人生で、お金を増やす方法を考えたことは一度もない。正解は自明で、考えるほどのことでもない。ただ、なにか仕事をするだけでお金は増える。一方、お金の減らし方になると、実に難しい。いろいろな減らし方があるけれど、これで行こう、となかなか決められない。欲しいものややりたいことは沢山あっても、せっかく自分で稼いだお金をそれと交換するのはどうかなぁ、と考えてしまうことが多いからだ。

身に着けるものでは、靴と帽子を自分で選んで買っているが、どちらも五千円より高いものは買う気にならない。食べるものも、一食が千円が上限だろう（外食はほぼしないが）。鉄道模型の機関車に五十万円くらいは出すことがあるが、二百万円だったら買わないだろう。どんなに良いな、欲しいな、と思っても、やはり値段との比較になる。

欲しいものは、たいてい既に手に入れてしまったので、もうあまり残っていない。だから、毎日なにか良いものはないか、と探している。有意義なお金の減らし方がないか、とも考えるのだが、おおかたのことはもうやってしまったか、今やりかけている。余命から考えて、これ以上できるだろうか、という躊躇もあるため、ちっともお金が減らせない。

　今日は、庭で初めて水道を開通させた。冬の間は水抜きをしていたからだ。芝生に水やりをしようと思ったのだが、ホースを分岐させるプラスティックが割れていて水が吹き出した。そのパーツは千五百円くらいするもので、昨年買ったばかりだ。「もったいない、これは高いんだ。接着剤で直せないかな」と呟くと、奥様が「高いったって知れているでしょう。新しいのを買いなさい」とおっしゃった。太っ腹である。彼女の助言に従い、すぐにAmazonで注文しておいた。これくらい、僕は貧乏性なのだ。

　もうお金は増やしたくない。断れない仕事だけ引き受けているつもりだが、以前に書いたものを再販したり、電子書籍のシリーズ合本が売れたり、入試で引用された著作権料、海外で翻訳された契約金、ドラマやアニメの放映権料など、歯止めがかからない。これを減らすことは、ほとんど困難で、八割方諦めている状況である（皮肉ではない）。

　以前に住んでいた土地が放置されている。売ればまた金が増えるから、面倒なのでそのままにしているが、貸してほしいという話が来て、また金が増える。固定資産税だけでは追いつかない。楽しく有意義に金が減らせる方法は本当にないものだな、と思うに至っている。ものの価値というものを、この歳になってだいたい把握することができたのだが、それが災いしているとしか思えない。考えるのは楽しいが、考えるだけでは減らせない。

89 うちの犬は「鼻が高い」のか、それとも「鼻が長い」のか、どちらだろう?

シェルティは、「小さなコリィ」ではないが、そう見える。どうやらそれは、「小さなジャイアンツ」よりは確からしい。多くの人たちが僕の犬を見て、「コリィだ」とか「ラッシイだ」と言うからだ。シェルティはコリィほど鼻が長くない。ちなみに、品評会に出るシェルティは「鼻が短い」方が良い、と聞いた。ただ、僕が担当している大きいけれど赤ちゃんが品評会に出るためには、まず体重を三分の一にしなければならないだろう。

人間の鼻は「高い」と表現されるが、それは仰向けに寝ている場合のことで、人間の普通の姿勢では、「前に突き出している」といった方が正しそうだ。たとえば、「指が高い」や「足が高い」とはいわない。それらは「長い」と表現される。指や足を上方へ向ければ「高い」のだが、普段はその方向にあることは稀だからだろう。であれば、鼻も同じだ。犬も人間と同じ条件なのに、犬の場合は「鼻が高い」とはいわないのは何故なのか?

人間の顔についているもので、ほかに「高い」といわれるものはない。「目が高い」は、目が飛び出しているのではなく、まったく違う意味に使われる。口を尖らせると「口が高い」状況になるが、そうはいわない。また、兎の耳が上に向かって伸びている場合でも、「耳が高い」とはいわない。やはり耳は「長い」ものらしい。人間の耳が長いといえば、耳自体の上下方向のサイズだろうか。頭の周囲からどれくらい耳が飛び出しているかは、耳の高さだと思われるし、人それぞれ耳の角度が違うと思うのだが、一般にそれほど話題にならない。象なら、「鼻が長い」が納得でき、「鼻が高い象」は、誰も支持しないはず。

ピノキオは嘘をつくたびに鼻が伸びた。あれは高くなったのだろうか。「鼻が高い」は自慢できる状況を表す。大いに自慢する場合は「鼻高々」ともいう。しかし、逆の状況のときに「鼻が低い」とはいわない。恥ずかしいときに使えそうだが、それに当たるのは、「穴があったら入りたい」だろうか。自慢げな人は、顎《あご》を上げ、顔を上に向けようとする。いわゆる「ドヤ顔」というやつである。こうすると、たしかに鼻の位置は高くなる。

人間の顔の形状には、「彫りが深い」という表現がある。鼻が高く、目の辺りが窪んでいる。つまり凸凹であることをいう。日本人よりも白人は彫りが深いらしい。この逆は、「平面的」としかいえない。「彫りが浅い」というのは聞かない。

犬でいうと、ペキニーズなどが彫りが浅い。チャウチャウよりはシェパードの方が鼻が高い。柴犬はプードルに比べて耳が高い。猫は一般的に犬よりも彫りが浅いが、耳は高いものが多い。いずれにしても、立派な容姿のペットの飼い主は鼻が高いだろう。

90 「会」「式」「祭」のつくイベントは嫌い。「長」がつく役職は避けたい。

この種の話を書くときには、まず断らないといけない。僕が「それが嫌い」と書いた場合、僕がそれに近づきたくない、という意味であって、それらが好きな人を非難しているのでもないし、またそれらが好きな人たちを嫌っているわけでもない。人はそれぞれ、自分の好きなように生きれば良い。ただ、みんなが自分と同じだと思わないでほしい。

「長」がつく役職というのは、つまりリーダのことだ。そのグループのトップであり、たいていは一人と決まっている。僕はそういう立場の人になりたくない。できるかぎり避けたい、と子供のときから願って生きてきた。だから、そういった機会では、必ず辞退する。だが、辞退できない場合がある。そんなときは押しつけ合うことになるのだが、僕は「みんながやりたくないなら、そのグループ自体を解散すれば良い」と提案したくなる。しかし、それはできない相談らしい。それに「長」を決めないとグループが機能しないと皆さんがおっしゃるのだ。へえ、そうなんだ、と僕は頷くが、内心は納得できない。

立候補する人もなく、皆で譲り合い、押しつけ合い、しかたがないので輪番制にして

「長」を交代するルールにしているグループが多い。たとえば、町内会とかPTAとかである。大学の学科長も、教授の中で輪番制だった。教授になったら、あれをやらされるのか、と僕などは恐怖に苛《さいな》まれていた方だが、あるとき非常にびっくりした経験がある。それは、僕の五歳ほど先輩の同僚が教授に昇格し、すぐ学科長にさせられたときだ。なんと、彼は喜んでいたのだ。その立場が嬉しいらしい。そんなふうに感じる人がいるのだな、という驚きがあった。誰もが自分と同じではない、と再認識した体験である。

ということは、PTAなんかでも会長になって喜ぶ人がいるのだ。町内会も会長になってほくそ笑んでいる人がいるのだ。そうか、だからあんな会や役職がいつまでも存続しているのか、と思い知った。なりたくないような口ぶりなのに、内心はなりたいのか。僕が辞退しても、実はやりたいのだろう、と思われているのかもしれない、とも考えた。

仕事では、何度か「委員長」になった。「部会長」にもなった。これは、その会議の「議長」に近い役職であり、報告書などを取りまとめる責任者だ。議長をするだけなら、べつにどうってことはない。問題なのは、「責任」が伴うことだ。責任というのは、周囲から期待されることだし、失敗したときに責められる任務である。絶対にやりたくない。

代表にもなりたくない。一番も嫌だ。やりたい人がいるなら、やってもらいたい。こっそり僕に打ち明けてくれたら、強く推薦してあげよう。是非本音を聞かせてね。

91 「感動定食」がよりどりみどりだが、どれも代わり映えがしない。

繰り返し書いていることだが、とにかく「感動」商品花盛りである。みんなが感動を求めているのか、それとも釣られているのか、「絶対に泣ける」などと謳ったり、「感動しかない」と煽られている。あの手この手で感動を作ろうとしているが、「ほろっとした」程度のことを「号泣」というくらい感覚が麻痺している昨今である。

涙さえ流させれば勝ち、といった観念があるらしく、ひたすら涙に特化した作りのものが増えた。だいたい、家族愛やペットなどになんらかの不幸を組み合わせるか、あるいは、悪い印象だったものが実は好意や慈愛だったという意外性、このパターンにほぼ収まるほどバラエティがない。同じなのだ。そこが「定食」的なところで、味は皆同じ、ただ、飾りつけや彩りが違うからインスタ映えがするだけ。でも、食べたら結局、いつものとおり。そんなものばかりになってしまった。感動を量産しようとするから、そうなるのは必然である。作られたものだ、という印象を受け手に与えることが、寿命の短さとなる。

たとえば、なにか感動できるシーンやパターンを最初に決めて小説を書き始めると、そこへ話を持っていく過程でどうしても不自然な流れができてしまう。読み手は、これに気づく。ああ、そちらへ行くのだな、とわかってしまう。まあ、わかっていても、そのシーンになれば涙が流れるだろう。しかし、それは単なる反応であって、感動ではない。感動だと思っている人もいるけれど、そんな感動しか知らない人だといえる。その時点では幸せな状況だが、いずれ飽きてしまい、感動というものは馬鹿馬鹿しい、自分の役には立たないものだ、と認識し、本当の感動を知らないままになるかもしれない。

そうではなく、自然に物語を書いていくと、あるとき、ちょっとした感動に出会う。執筆している本人が出会うのだ。最初から決めていたものではない。小さな感動かもしれない。しかし、意外な出会いだ。書きながら涙が流れるだろう。そういったシーンは、読者に新しい印象を与えることになる。悲しいとか、寂しいとか、そういったシンプルなものではない。何が良いのかもわからない。ただ、背中が寒くなるとか、鳥肌が立つとか、目が潤んでしまう。何だろう、これは？

そういうものに一度でも出会うと、同じ体験をまたしたくなる。その作品が大切なものになり、また読み返すことになる。そして、同じシーンで同じようにじーんと心に響く言葉を受け止めるだろう。そう、それが「感動」というものだ。なにかパターンがあるわけではない。定食ではない。量産はできない。奇跡的なタイミングで現れるものなのだ。

92

対策が見つかると、その一策に縋《すが》り、問題が解決したと楽観視する傾向。

たとえば、ワクチンがそうだった。ワクチンを打てば、もうウィルスを寄せつけない、と思ってしまう。誰もそんなことはいっていないのに勝手にそう思い込む。そもそも、空気を入れ替え、触ったところをアルコールで消毒しているのだ。人間は移動し、ウィルスの運び屋となる。ワクチンを打っていれば、ウィルスが体内に入っても増えても発症しにくくはなるが、体内にワクチンがあることには変わりはない。それを運ぶことはできる。この点を充分に告知しなかったから、ワクチンを打ったことで、逆に運び屋が急増した。

原発の事故があって、危険な発電はやめようとの声が上がった。では、どうやって電気を賄《まかな》うのか、という問題。そこへ出てきたのが太陽光発電と風力発電である。どちらも、だいぶ昔からあったものであり、新しくはない。当時、僕は「決め手にはならない」とブログに書いた。さて、全部これらの発電で問題を解決できる、と主張する人が多かったが、今現在どうなっただろうか。森の樹々を伐採してパネルを設置しても、積雪で発電できなくなり、樹が減った弊害が数々生じる。そんなことは初めからわかっていたことだ。

補助金をつけたからなんとか成り立っている程度ではないか。風力発電も、華々しい結果を出していない。まあ、一つの手ではある。でも決め手にはならない。

火力発電にすれば安全だとばかりに、これに依存しているのが日本である。温暖化を促進する国となった。大雨が降り、台風は強力になり、農業や漁業にも深刻な影響が出始めている。原発に反対する人たちは、何故火力発電を許容するのだろうか。原発よりもはるかに多くの人が火力発電で亡くなっているのだが、どう解釈しているのだろうか？

石炭より天然ガスの方が空気を汚さないらしい。ガソリンエンジンよりもディーゼルの方がクリーンだとか、いろいろな意見が聞かれるけれど、データを比較すると、ほんの少しの差である（あるいはデータの捏造だった）。ほんの少しの差が大事なのかもしれないが、それを「クリーンエネルギィ」と呼ぶのはとてつもなく大袈裟だろう。

問題を解決する手段は、一般に一つではない。もし一つでずばり解決できるなら、そもそも問題になっていない。劇的に効果がある方法であっても、百パーセントの効果は期待できない。では、どうすれば良いのだろうか？

答は、いろいろな手段をすべて駆使することだ。できるだけ多くの手段を持っていること、一つに頼らず、どれも研究を進め、より洗練させることが重要だ。方法には一長一短ある。短所があっても放棄すべきではない。活かせる場面が、将来必ず訪れるからだ。

93 なんでも前倒しで実行する人間だったが、この頃は後回しが得意になった。

「今日できることを明日に延ばすな」という言葉があって、若い頃はこれを実行していた。僕は躰が弱いので無理ができない。だから計画を立て、期限よりもまえに終わるように仕事をコンスタントに進めることにした。したがって、どちらかというと、「明日でも良いことも今日やれ」という姿勢だったかと思う。論文の執筆や投稿も締切ぎりぎりではなく、余裕をもって終えていた。僕の講座の学生たちは、卒論も修論も早めに提出させていた。余裕がないのが嫌いだといっても良い。多くの人は、ぎりぎりセーフが(時間を無駄にしないから?)ベストだと考えているようだが、僕には理解できない感覚だった。

仕事をほぼ引退し、森に籠もってのんびり暮らすようになり、変化があった。今は、「明日できることは、今日はしない」という方針である。ずっと予定がないようなもので、いつやっても良い仕事ばかりだ。晴れていたらあの辺りを掃除しよう、そろそろ車の整備をしようか、土を運んで線路の路盤を補修しよう、など沢山の課題があるのだが、別に締切はない。いつでも良い。やらなくても良い。小説関係のものも、編集部から届くゲラは、半年以上さきに発行されるものだから、担当編集者からは「来月末くらいまでに」みたいな締切を提示される。今書いているこれは、八カ月以上さきに発行される本で、わりと切羽詰まっている方である（解説を書く人に早く本文を見せないといけないから）。

少々目が疲れたら、「まあ、明日でも良いか」とあっさり諦める。執筆をしていても、「ちょっと水やりをしてきた方が、面白いことを思いつくかもしれない」と中断してばかり。書斎の片づけなどは、半年まえからやろうと思っていて、掃除道具や段ボール箱も通販で買ってあるのだが、なかなか始まらない。先延ばし大王になってしまった。

待ってくれないのは犬である。散歩に行こう、ご飯はまだか、と書斎の入口から顔を出す。誰に似たのか、せっかちなのだ。だいたい一時間くらいまえからじっと視線を送ってくるので、振り返るごとに、「まだですよ」と言い聞かせることになる。

嘘のようにぐうたらになった。この「ぐうたら」は、「愚」と「弛《たる》む」の意味らしい。どうして「愚か」なのか理解できないが、のろまのことを「ぐず」といい、漢字だと「愚図」だから、鈍い動きしかできない、の意味が「愚か」にあったのか。こうなると、「僕」をやめて「愚老」を使った方が良いかもしれない。謙遜しているつもりはないが。

ときどき若い頃を振り返って、「あくせく働いたなぁ」と懐かしむ。後悔はしていない。あのとき働いたからこそ「のんびり」の価値が高められたのだから。

94 「やらなければならないこと」がなくなってしまって、腑抜けのような毎日。

前項のつづきかもしれない。若いときには、「must」が沢山あった。それをやらないとんでもないことになる。絶対にやらなければならないことばかりだった。毎日それが押し寄せてくるから、とにかくやるしかない。どんどんやるだけだった。それらをやらないとどうなるのか、と深く考えもしなかった。そう、できなかった場合になんらかの罰則があるのか、それとも周囲から罵倒されるのか、将来の不利を招き未来がなくなってしまうのか、よくわからない。具体的に考えたことはなく、ただ、悪いことにはちがいないとの認識だけがあった。たとえば、宿題をやらなかったら、どうなるのか？　先生に叱られる、友達からからかわれる、でも、そんなに痛い目に遭うわけでもない。少し想像すれば、どれくらいの制裁があるのか予測できるだろう。大したことではないはず。

社会人になっても、たとえば上司に小言をいわれるくらいか。間に合わなかったら、頭を下げて謝れば、たいていは許してもらえる。ただ、これが度重なると、しだいに不利になってくるだろう。でも、余程のことがないかぎり、会社を首になったりはしない。

実際、締切を守れない人は大勢いる。少しくらいは許されるようだ、と知っている。また、きちんと謝れば大丈夫だとも知っている。しかし、僕はそうやって謝る方が面倒だと考えていたから、とにかく締切があるものは早めにクリアするようにしていたのだ。

大学を辞めてから、そういった締切に追われるような機会は激減した。作家の締切なんて知れている。執筆時間はもともと余裕たっぷりに設定されているのだ。サボる時間が度を越さないかぎり、締切が迫ってくるような事態にはならない。週刊連載や毎日連載を引き受ける場合でも、余分に仕事をしておき、完成原稿をストックすれば締切のプレッシャは軽減できる。一人で進められる仕事だから、これができるというわけだ。

そんな「緩い」締切でさえ、この頃は消えてしまった。仕事はしているので、いちおう締切があるにはある。だが、何カ月も余裕を見て進めているので、何の締切が何日で、と意識するようなこともなく、締切があることさえ忘れてしまうほどだ。

これを書いている今も、車を三台高圧洗浄機で洗ってきた。あと、バキュームで庭のゴミを吸った。二時間くらいして書斎に戻り、続きを書いている。仕事をサボってばかりだ。というより、むこうが仕事で、執筆が息抜きの時間かもしれない。「腑抜け」のような感じなのだが、これは言葉の選択が違うかもしれない。腑抜けは「意気地なし」のことらしい。しかし、他人と争うようなことも避けているから、立派な腑抜けだろう。

95

「妻は学びの宝庫」という言葉は、まさにそのとおりだと納得している。

これは、最近届いた土屋賢二《つちやけんじ》先生の本の帯に書かれていたコピィである。ソクラテスだったか、土屋賢二だったか、とにかく恐妻が哲学者を育むらしいが、本当かどうかは疑わしい。しかし、土屋先生は、奥様のことをよく話のネタにされているので、話題の宝庫であることはまちがいないだろう。僕の場合もまったく同じで、「学び」もあるものの、その八倍くらい「書ける話題」をいただいている。感謝感激、ありがたいことである。

一番身近にいる他者であり、しかも違う環境で育っているので、持っている文化が異なっている。言葉の定義も考え方も観念も違う。そういう人が同じ家の中にいるのだから、学ばずして暮らせない。毎日が気づきの連続であり、人間というものを客観的に認識する切っ掛けになるし、切っ掛け以上にこちらへ土足で踏み込んでくるから、抵抗の技術も育まれる。僕は奥様に育てられた、といえるだろう。嫌味ではなく、本当にそのとおりだと思っている。赤の他人であれば、悪いところは隠すので、人間のディテールを観察する機会はなかなかない。特に、結婚して何十年も経つと、それぞれが別の方向へ成長するから、ますます距離が遠くなり、こんな人間がいるんだ、と感慨深い体験を毎日することになる。ただ、だからといって人に結婚を勧めるつもりは全然ない。そんなことを学びたくはない、という考えももっともだと思う。気にしないで、聞き流してもらいたい。

たまたま結婚した人が異性だったから、その意味でも学びになったといえる。彼女は一時「母」になったが、またすぐ元どおりになった。しかも、子供が巣立ったあとの方が、はるかに強い人になった。母という立場は、人を強力にする作用があるらしい。これなどは外部からの観察しかできない。自分では体験できないことだ。大いに勉強になる。

たとえば、夕食のときにTVを一緒に見ているのだが、そこにいかにもお涙頂戴のルポなどが放映されていると、僕としては「ああやってマスコミに売り込む商売なんだな」と思ってしまう。それを奥様に教えてあげようかな、と彼女を見ると、「頑張れ」と呟いているのだ。ようするに可哀想な人をモニタ越しに応援しているのである。なんの意味もなく、しかも完全に乗せられていることは見え見えなのだが、僕は黙って、自分の考えを安易に出力してはいけないな、と学ぶ。だから、黙って食事をいただき、「美味しゅうございました」と彼女に感謝の意を表することも忘れない。人間ができてくるはずだ。

聖火リレイも、「近くであれば見にいくよね」とおっしゃっていた。世の中には、そういう人が多いらしい。僕の奥様は、明らかに多数派であり、僕が少数派なのだ。

96

世間知らずのままでいたいし、誰かの友達になりたいと思ったことは一度もない。

「森博嗣のような世間知らずとは友達になりたくない」という呟きを三日に一度は見かけるのだが、そのたびに、ああ、世間知らずで良かった、と胸を撫で下ろすのである。

幸いにも、僕は世間に揉《も》まれることなく、つまり社会人として、いわば隔離されたような生活をしてきた。引き籠もりといっても良いかもしれない。研究者とはそういった仕事だといえる。助手として採用された当初から、自分の部屋を与えられ、そこで一人座って、コンピュータを相手に作業をしていた。もちろん、学生が入ってきたり、講座の教授から雑用を依頼されることもあるから、没頭できるのは夜間くらいである。何度か、研究室で夜を明かしたことがある。空が白んできて、「あ、もう朝か」と時間に気づく。

上司という人はいるが、特に強く拘束されていない。給料はもらえるが、ノルマはない。むしろノルマがあった方が仕事としては楽だろう、と認識している。自分で計画し、やるべきことを見つける方がずっと難しいし、ゴールがなく際限のない仕事になる。

作家になっても、同じだった。上司はいないし、自分ですべて決めて仕事をした。執筆依頼はあるけれど、書く内容は自由だった。好きなように書けるし、没になることもなく、内容の一部を変更してほしい、と指示を受けたこともない。担当編集者と会って世間話をすることはあっても、作品の内容に踏み込んだ議論はしない。今はこんなものを書いている、と話したことはない。できたものを、いきなりメールで送りつけるだけ。あとはゲラになって戻ってきたものを確認し、そして本になる。

読者からメールが来るようになり、講演会や名刺交換会で何百人もの人たちに会うようになったが、その時間が過ぎれば、一人で帰ってきて、自宅で寝るだけである。誰かと飲み明かすようなこともないし、あの人とは友達になりたいな、と思ったこともない。

おそらく、僕のような人間は、「ドライ」とか「薄情」と呼ばれるのだろう。そんなふうに呼ばれることにも、なんの抵抗もない。人に好かれようとは思っていない。人に好かれたら、なにか良いことがあるのだろうか。友達が多いとどんなメリットがあるのだろうか。そこがわからない。デメリットはわかる。だから、好かれたくないし、友達もいらないと思っているのだ。でも、人によって楽しみはいろいろだから、好きなことをして楽しく生きれば良い。それは誰もが賛成するのでは？　べつに、賛成を集めても意味はないけれど、社会というのはこのような最低限の合意によって成立しているので、そこは尊重したいと考えている。引き籠もって生きられる社会がいつまでもつづくことを願おう。

97 たまたま書いた人が作家、たまたま読んだ人が読者になるだけ。両者に差はない。

僕は小説をたまたま書いた。それで小説家になった。小説を読んだことがあったので、こういうものを書けば仕事になるのだな、と理解していた。また、今の僕は小説をまったく読まない。だから読者にはなれない。でも、読めば読者だ。そういうこと。

どういうことか、もう少し説明しよう。つまり、能力的な問題で両者が分かれているのではなく、書くか、書かないかで小説家になるか、ならないかが決まる。それは、読むか、読まないかで読者になるか、ならないかが決まるのと同じこと。もう少し噛み砕くと、誰だって小説くらい書けるし、誰だって小説を読むことができる。ただ、書くかどうかは、ちょっとしたハードルになっている。そのハードルは、読むかどうかにもある。書けないから作家になれないのではない。読めないから読者になれないのでもない。

能力の問題ではない。書くためには、書こうと思わなければならないし、途中で飽きてきて、嫌になっても、最後まで書こうと思わなければ、書き続けられなくなる。そう思うかどうか、の問題であり、これはたまたま、偶然、つまりそのときの気分や、環境の条件によるものだろう。その条件が揃っていれば、小説を書くことができる。書けば、小説家になれる。もしなれなかったら、また書けば良い。ここは少しだけ難しい問題があって、やはりたまたまわかってくれる編集者がいるか、いないか、という偶然である。ただ、小説になんらかの独自性があれば、その確率が少し変化するだろう、という具合の影響はある。でも、基本的に、たまたま良い読者が編集者だったか、が一番の問題だ。

さらにいうと、出版社と関係がなくても、自分で作品を発信できる時代になった。だから、作品さえ書いてしまえば、やはり既に小説家になっている。発信すれば、誰かが読者になってくれるだろう。印刷した本が良いと考えるなら、自分で編集してから印刷屋へ持ち込めば良い。こういった同人誌の販路も、今は選択肢が多い。

そして、もし次の作品が書けなくなったら、そのときは小説家ではなくなる。たまたま書いたからなれたのであって、一度なれても、その立場が維持できるわけではない。書き続ければ、その間は小説家でいられる。また、読みたいという読者がいるかぎりは、ぎりぎり小説家かもしれない。いずれも、その人の特質ではなく、その人の状態にすぎない。

仕事として、小説で食っていきたいという希望がある場合は、少々考えなければならない。なにしろ、小説読者は非常に少ない。一方、小説家になりたい人は多い。だから、過当競争といえる。有利な条件を探さなければならないだろう。僕には見当もつかない。

98

人は好きなもの、許容できるものになる。許容できなければ拒絶するしかない。

誰もが、人生において必ず自分が好む道を選択する。膨大な判断は常に自分がしたい方へ自分を向かわせる。だから、結果的に、誰もが自分が好きな人間になるだろう。もし、それが上手くいかない場合でも、少なくとも許容できる人間になるはずだ。けっして、許容できない人間にはならない。全面的に自分を否定するような事態になるまで、気に入らない判断を繰り返すとは思えない。他者から強要されないかぎり、拒絶する自由がある。その自由がもしないとしたら、それはなにか大きな間違いか、不幸か、あるいは悪意が原因だろう。そういった間違いや不幸は、人類の課題として少しずつ排除されてきた。

もちろん、どちらが自分にとって好ましい道なのか、分岐点ではわからないことがあるだろう。社会や他者や、あるときは自分自身がどう変化していくのかもわからないし、また自分が何を望んでいるのかもわからない人がいる。そういった場面で人は悩むし、誰かに相談したり、人の助言を受け入れたりする。だが、ぼんやりと、そちらの道が良さそうだ、といった雰囲気で最終的には決断をする。それがのちになって間違っていたとわかったら後悔して、次からは気をつけようと心に留める。したがって、失敗はあっても、平均的には、やはり望む方向へ近づいていくはずである。どんどん遠ざかるということはありえない。

自分に責任がなく、災害や人災に突如襲われることがあっても、自分を励まし、人生を立て直し、できるかぎりまた自分の道を探そうとする。結果的に見て、大きな不幸は小さな努力や好判断によって、きっとリカバされるだろう。

好ましいものはわかりにくいから、選ぶことが難しいが、逆に、好ましくないものは歴然としているため、これは自分には受け入れられない、と思えば拒絶することができる。この拒絶によって、結果的には好ましい道へ戻ることができる。たとえば、わかりやすいのは違法なこと、明らかに他者に被害が及ぶことだろう。ほかにも、自分の思う正義に反することなどは考えどころとなる。何故なら、往々にして正義に反する選択で、自身に物理的な利益が訪れる条件に出会うからだ。その判断は、本人しかできない。

他者を観察すると、その人の人生の履歴を思い浮かべることができる。その人は、いろいろな場面で今の自分になれるような数々の判断をしてきたのだな、と見える。あるいは、まだ目指している人間にはなれていない、その途上かもしれない。しかし、方向性はだいたいわかる。どんな人生を目指すのかは人それぞれだが、ブロックのように無数のピースを積み上げて作られる。あるとき急に変わることはない。それはできないのだ。

99 大きいけれど赤ちゃんの名前、そしてスケジュール・カレンダ。

大きいけれど赤ちゃんは、いろいろな呼び名で呼ばれている。本名は、血統書に記されているが、ファーストネームは内緒。その略称で、普段は呼んでいる。これを呼ぶのは僕である。名前も僕がつけた。しかし、奥様は彼のことを「プウ」と呼んでいる。どうしてプウなのか、と尋ねたら、「ぷうぷういうから」とのことだった。僕の前では少なくともぷうとはいわない。これは、彼女が犬の腹話術をするからだろう、と想像している。そういう奥様も、「スバル氏」と呼ばれているが、それは僕が呼んでいるだけで、もちろん本名ではない。芸名でもないし、源氏名でもない。この名前は僕がつけたもので、今から四十年以上まえのことだから、当時としてはキラキラネームだった。

シェルティの多くは、鼻の周辺が白い。それから手足も白く、靴下を履いているみたいである。「どうして白いんだろう？」と奥様に尋ねると、「黒くしてほしい？」とときき返された、という話は有名だが、狐の靴下は黒い。鼻の近くが黒くなったら、田吾作みたいになるだろう。零戦みたいかもしれない。

サンルームにガラスのテーブルがあって、そこが家族の通信所になっている。小さなカレンダが置いてあって、そこにそれぞれのスケジュールを書き込んで、出かける用事がバッティングしないように調整している。主にこれを書いているのは奥様だ。たとえば、スバル氏が歯医者に行く日は、「ＳＤＣ」と記される。これは、スバル・デンタル・クリニックの略だ。今日は、僕の犬が歯垢の掃除をしてもらう日だったので、「ＰＴＣ」とあった。たぶん、「プウ・ツース・クリーン」だろう。奥様が書き込んでいるので、そちらの仮の名になる。プウのお兄さん犬は「ヘクト」という名だが、彼がサロンへ行く日は「ＨＨＳ」で、ヘクト・ヘア・サロンらしい。僕は滅多に出かけないが、車のタイヤ交換の日は「ＭＴＫ」と書かれていた。モリ・タイヤ・コーカンだと思う。チェンジだったらＣだが、スバル氏は思いつかなかったようだ。

実は、パソコンのカレンダに僕は自分の用事を記入しているが、これは過去の記録であって、予定は半分以下である。犬のシャンプーをしたら、「ＴＳＨＰ」と書く。このＴが、僕が犬を呼ぶ愛称の頭文字だが、しかし名前のイニシャルではない。ＳＨＰはシャンプーの略である。このまえはいつ洗ったか、と思い出すために記録している。当然ながら、このカレンダには作家の仕事関係の予定は記されていない。ただ、執筆した日は、何文字書いたか、その累積の数を記録している。今日で、この本は10万文字を超えることになる。

100 作家になって一度も、「つづく」と書いたことがない。

一カ月かけて書くつもりだったが、結局三週間で書き終わってしまった。ウィルスの感染者数はまだ増えていて山も過去最大。重症者は比較的少ないようだが、死者は何故か多い。つまり、重症を飛び越して亡くなっているのだろうか。また、ウクライナの戦争もまだ続いている。戦争というのは場所を変えるだけだ。いつもどこかで続いている。感染症も型が変わり、場所が変わって続いている。そういうものだと認識する以外にないのか。

世の中の事象はすべて終わりというものがない。どこが終わりなのかわからない。それに比べて、小説には終わりがある。「完」と書けば、それで終わりだと決まっている。僕は、滅多に書く機会がない。あれは、雑誌で連載している場合に、まだ話が続くのか、それともこれで完結なのか、を示すためだろう。現実は毎日が「つづく」である。いちおう寝ることができる人は幸せだが、「つづく」という暇もなく、徹夜で働かなければならない人もいるだろう。もしも続かなかったら大変なことになる。終わらせたくない、と願いながら毎日を送っている人もいる。もう自分は終わりかもしれない、という不安に苛まれている人も多い。気休めにしかならないと思うけれど、人はみんないずれ終わりになる。
「つづく」と書いてあっても、本当に続くかどうかはわからない。著者が亡くなる、原稿が締切に間に合わない、雑誌が休刊になる、出版社が倒産する、大地震が発生する、他国のミサイルが飛んでくる、などはどれも馬鹿にならない確率で発生するだろう。したがって、少し未来が読める人ならば、「つづくだろう」か「つづくかな」くらいにした方が良い。締切破りの常習者の場合は、「つづくかもしれない」が適切である。気持ちを込めて、「つづいてほしい」でも良いし、さらにストレートに、「つづけ」も感動を呼ぶ。

おそらく、「つづく」の文化は将来的には消えるだろう。これは、作家が少なく、雑誌などの媒体も少なかった時代の名残であり、コンテンツがいくらでもあって、デジタルメディアが一般化した現代には無用のものだと思われる。受け手のほとんどは、「完結してから一気に読みたい」と思うはず。漫画もドラマも映画も、同様である。

そういえば、今年は雑誌で連載小説を発表した。でも、あらかじめ全部書いたので、僕としては「つづく」ではなかった。ウェブでエッセィの連載も始めたけれど、これも内容的には「つづく」ではない。仕事はそれくらい絞って、シンプルにした。一方、庭仕事は毎日が「つづく」の連続であり、遊びも同様だ。明日はいないかもしれないのに、「つづく」にして、今日は打ち切り。ずっと肉体疲労、筋肉痛だ。さて本書は？　〈つづく〉

解説――私の考えた数学パズル

安本美典（文学博士・数理歴史学者）

森博嗣氏のデビュー作、『すべてがFになる』（講談社文庫）は、衝撃的で、新機軸のものであった。

この作品は、一九九六年、いまから二十五年以上まえに刊行されたものである。

その後、最近コロナが流行し、かなり多くの人が、テレワークなどの形で、いわば「密室」で仕事をせざるをえなくなっている。『すべてがFになる』に描かれているような状況が、かなり一般的になっている。その意味で、この作品は近未来の状況を描いていたようなところがある。

森博嗣氏が作りだした世界に、現実のほうが、あとから追いつくといった現象がみられるのである。

そして、「密室」といえば、ミステリーと結びつく。

私は、『すべてがFになる』を読んだとき、漫画の大家、手塚治虫《てづかおさむ》氏を連想したことをおぼえている。手塚治虫氏は、大阪大学で、医学を学ばれた方である。『鉄腕アトム』でも、『ブラック・ジャック』でも、理系の素養の上になりたっているようなところがある。

森博嗣氏は、大学では、工学部の建築学科に所属された方であるという。その理系の素養は、作品の上で、十分に生かされている。

そして、「悪人」ともいえない人によって、一定の事情により、殺人が、いわば無機的、機械的に、たんたんと行なわれていく。そこに、単なるハード・ボイルドとは異なった「こわさ」がある。

現実の世界と、仮想《ヴァーチャル》の世界との境界がとけてしまい、まじりあい、どこまでが現実の世界で、どこまでが仮想の世界なのか、わかりにくくなる。

仮想の世界では、殺人も簡単なのであるが、それが、現実の世界に侵入してくるという「こわさ」がある。

私は、出身の学部は文学部で、本質的に文系の人間である。しかし、数字や数学に強い興味をもち、「文学」「言語学」「考古学」「歴史学」などの分野の研究に、計量的、数学的発想をもちこもうとしている。そのための入門書的なものも書いた。

いわゆる「文系」と「理系」とのあいだを行き来している、という意味では、森博嗣氏と私とは、かなり近いところがある、といえるかもしれない。

また、残されている文献学的、考古学的資料をもとに、過去の歴史を復原、構築していく作業は、犯罪捜査と通ずるところがある。

まだ私が若いころ、かなり昔のことである。

当時、かなり著名な、ご高齢の学者の方に、拙著を贈呈した。

すると、その方から、お礼状をいただいた。

そのお礼状の文中に、「拍案《はくあん》の個所《かしょ》しばしばでございました。」という表現があった。

ははあ、このようなばあい、こういう表現のしかたがあるのかと、私は感心した。

「拍案」の「案」は、もともと「机《つくえ》」の意味である。「拍」は、「拍手」の「拍」で、「打つ」「たたく」の意味である。

「拍案の個所しばしば……」は、「読んで、思わず、そうか、なるほどと、机をたたくことがしばしばであった。」という意味である。

私にとって、森博嗣氏の著書は、「拍案の個所しばしば」の書である。

とくに、世間の常識や、通説などにとらわれずにものを見ようとする発想は、研究の上でも、学ぶところは多い。

森博嗣氏の著書に、『科学的とはどういう意味か』（幻冬舎新書）がある。

この本で森博嗣氏は、科学の本質がどのようなものであるかを的確に説き、「言葉」だけですべてを処理する危険性を指摘しておられる。またそれを、数字や数学をとかく敬遠しがちな「文系」の人にもわかるように、懇切《こんせつ》に述べておられる。

これは、日ごろ、数字や数式などを用いることを頭から拒否しがちな「文学」「言語学」「考古学」「歴史学」の研究者の方々の理解を得ようと、「悪戦苦闘」をしている私にとって、拍案の個所満載の本である。「そうだ、その通りだ。ぜひ、森博嗣氏のこのご本を読んでほしいものだ。」と強く思った。

それで、私は、森博嗣氏の『科学的とはどういう意味か』の一節を、拙著の『データサイエンスが解く邪馬台国』（朝日新書）のなかで、引用・紹介させていただいた。

その拙著での引用が、森博嗣氏の目にとまり、そのご縁で、この森博嗣氏の著『積み木シンドローム』の「解説」を書かせていただくこととなった。

そのことについては、この『積み木シンドローム』の「30　邪馬台国は九州にあっただろう、と小学生のときから確信していた。」（80ページ）で、森博嗣氏がふれておられる。

いわば、合《あ》わせ鏡のように、あるいは、言霊《ことだま》のこだまのように、おたがいに反映、反響しあって、この一文を草することとなった。

理系の方々の文章は、正確ではあるが、どこか硬いという印象をうけることがすくなくない。

しかし、森博嗣氏のエッセイのご文章には、気のおけないのびやかさがある。また、小説には、ストーリーの意外性、場面転換などによるスピード感、考えさせられるフレーズ、さまざまな知識をもたらす情報、言葉あそび、ユーモアなどがある。また読者を飽かせない工夫の一つに、ところどころにはいっている「数学パズル」的なものがある。

これが、スパイスのように、謎解きの味をよくしている。

森博嗣氏のミステリーに、N大学工学部建築学科助教授の犀川創平《さいかわそうへい》と、N大学工学部建築学科の西之園萌絵《にしのそのもえ》とが活躍する一連のシリーズがある。

はじめに紹介した『すべてがFになる』も、このシリーズのなかの一冊である（この題名の意味じたいが、一種の数学パズルになっている）。

犀川・萌絵シリーズのなかで、「数学パズル」的なものが、比較的多くはいっているものに、『笑わない数学者』（講談社文庫）がある。

たとえば、つぎのようなものである。

「10が二つ、4が二つある。どんな順番でもいいから、これらを全部使って、足したり、引いたり、掛けたり、割ったりして（四則演算によって）、答を24にしなさい。」

答　$(10\times10-4)/4=24$

「7が二つ、3が二つのばあいは？」

答　$(3/7+3)\times7=24$

「8が二つ、3が二つのばあいは？」

答　$8/(3-8/3)$

私も、森博嗣氏の作品に触発されて、いくつかの「数学パズル」を作った。この機会に、ぜひ、そのうちの二つを紹介させていただきたい。

優秀な建築学科の学生、萌絵クン解けるかな。第1問は、七分ぐらいで解いてほしい。

数学パズル1

日本における古代最大の建築物は、出雲大社である。

十世紀の後半成立の文献に、当時の巨大建築物として、「雲太《うんた》（一番目は、出雲大社）」「和二《わに》（二番目は、大和の東大寺大仏殿）」「京三《きょうさん》（三番目は、平安京の大極殿《だいごくでん》）」とある。

二〇〇〇年四月二十九日（土）の朝刊各紙は、出雲大社の巨大神殿のあとから、直径三メートルの大きな柱のあとが出土したことを報じている。

図

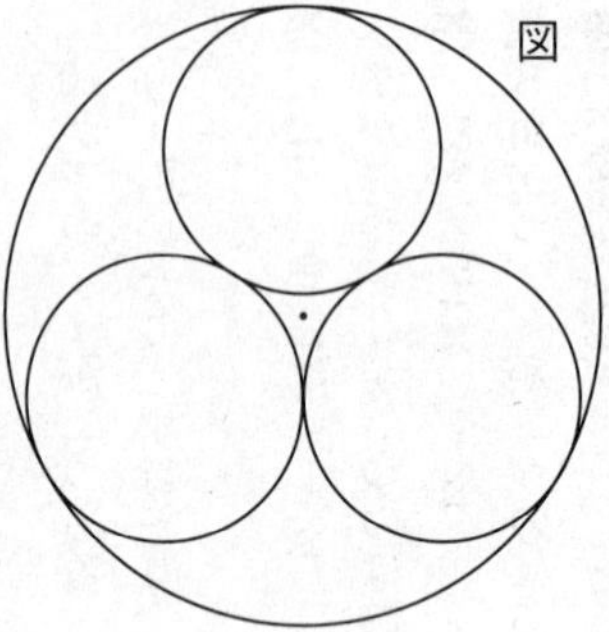

この大きな柱は、三本の大木を、金の輪でしばり、三本の大木は、順次継ぎたしていって、高くしたものとみられる。

このばあいのモデルとして、直径三メートルの大きな円の内部に、同じ直径の三つの円を、上の図のように内接させたものを考える。

さて、小円の直径は、いくらか。

一・二八五メートル、一・四三二メートルなどのように、小数点以下三位まで求めよ。

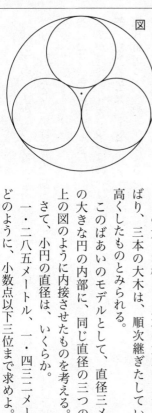

私は、毎朝散歩する。

第2問は、『笑わない数学者』を読み、散歩のとき、止めてある車のナンバーを見て思いついたパズルである。これは、そうとうな難問のはずだ。

数学パズル2

四つの数がある。その四つの数を、一回以下用い、四則演算だけによって、1から順に、数を作って行く。

たとえば、「1、2、3、4」という四つの数の組のばあい、つぎのようになる。

1=1
2=2
3=3
4=4
5=4+1
6=4+2
7=4+3
8=4×2
9=4×2+1
10=4×3−2
…………
…………
26=(4×3+1)×2
27=(4×2+1)×3
28=(3×2+1)×4

このばあい、連続して、「28」まで行けるが、「29」は、作れない。

これを、「〔1、2、3、4〕では、連続して、28まで行ける。」と表現することにする。

同様にして、「8、7、5、3」という四つの数の組のばあいは、つぎのようになる。

1=8−7

2=5−3

3=3

4=7−3

5=5

……………

……………

63=(8−5)×7×3

64=8×7+5+3

65=(7×3−8)×5

つまり、「〔8、7、5、3〕では、連続して、65まで行ける。」

じつは、すべての四つの数の組のうち、「8、7、5、3」の「65」が、連続して行ける数の最大値である。

さて、

(1)「8、7、5、3」が「65」まで行けることを、たしかめて下さい。
(2)「8、7、5、3」以外に、連続して、「50」以上まで行ける四つの数の組をすべてあげなさい。
(3)「8、7、5、3」の「65」が、四つの数の組で連続して行ける数の最大値であることを証明しなさい。

おや、「こんなこと考えて、何の役に立つのですか?」ですって(うちの女房も、私にそうたずねた)。

「えへん。すくなくとも、散歩と同時の頭の体操にはなる」

＊数学パズルの答と解説は左記へアクセスして下さい。
森 博嗣ＯＮＬＩＮＥ
http://kodanshabunko.com/morihiroshi/Creamseries_answer.html

森博嗣著作リスト

（二〇二二年十一月現在、講談社刊。＊は講談社文庫に収録予定）

◎S&Mシリーズ

すべてがFになる／冷たい密室と博士たち／笑わない数学者／詩的私的ジャック／封印再度／幻惑の死と使途／夏のレプリカ／今はもうない／数奇にして模型／有限と微小のパン

◎Vシリーズ

黒猫の三角／人形式モナリザ／月は幽咽のデバイス／夢・出逢い・魔性／魔剣天翔／恋恋蓮歩の演習／六人の超音波科学者／捩れ屋敷の利鈍／朽ちる散る落ちる／赤緑黒白

◎四季シリーズ

四季　春／四季　夏／四季　秋／四季　冬

◎Gシリーズ

φ《ファイ》は壊れたね／θ《シータ》は遊んでくれたよ／τ《タウ》になるまで待って／ε《イプシロン》に誓って／λ《ラムダ》に歯がない／

η《イータ》なのに夢のよう／目薬α《アルファ》で殺菌します／ジグβ《ベータ》は神ですか／キウイγ《ガンマ》は時計仕掛け／χ《カイ》の悲劇／ψ《プサイ》の悲劇

◎Xシリーズ
イナイ×イナイ／キラレ×キラレ／タカイ×タカイ／ムカシ×ムカシ／サイタ×サイタ／ダマシ×ダマシ

◎百年シリーズ
女王の百年密室／迷宮百年の睡魔／赤目姫の潮解

◎ヴォイド・シェイパシリーズ
ヴォイド・シェイパ／ブラッド・スクーパ／スカル・ブレーカ／フォグ・ハイダ／マインド・クァンチャ

◎Wシリーズ（講談社タイガ）
彼女は一人で歩くのか？／魔法の色を知っているか？／風は青海を渡るのか？／デボラ、

眠っているのか？／私たちは生きているのか？／青白く輝く月を見たか？／ペガサスの解は虚栄か？／血か、死か、無か？／天空の矢はどこへ？／人間のように泣いたのか？

◎WWシリーズ（講談社タイガ）

それでもデミアンは一人なのか？／神はいつ問われるのか？／キャサリンはどのように子供を産んだのか？／幽霊を創出したのは誰か？／君たちは絶滅危惧種なのか？／リアルの私はどこにいる？

◎短編集

まどろみ消去／地球儀のスライス／今夜はパラシュート博物館へ／虚空の逆マトリクス／レタス・フライ／僕は秋子に借りがある　森博嗣自選短編集／どちらかが魔女　森博嗣シリーズ短編集

◎シリーズ外の小説

そして二人だけになった／探偵伯爵と僕／奥様はネットワーカ／カクレカラクリ／ゾラ・一撃・さようなら／銀河不動産の超越／喜嶋先生の静かな世界／トーマの心臓／実験的経

験／馬鹿と嘘の弓（＊）／歌の終わりは海（＊）／オメガ城の惨劇（＊）

◎クリームシリーズ（エッセイ）

つぶやきのクリーム／つぼやきのテリーヌ／つぼねのカトリーヌ／ツンドラモンスーン／つぼみ茸ムース／つぶさにミルフィーユ／月夜のサラサーテ／つんつんブラザーズ／ツベルクリンムーチョ／追懐のコヨーテ／積み木シンドローム（本書）

◎その他

森博嗣のミステリィ工作室／100人の森博嗣／アイソパラメトリック／悪戯王子と猫の物語（ささきすばる氏との共著）／悠悠おもちゃライフ／人間は考えるFになる（土屋賢二氏との共著）／君の夢　僕の思考／議論の余地しかない／的を射る言葉／森博嗣の半熟セミナ　博士、質問があります！／DOG&DOLL／TRUCK&TROLL／森籠もりの日々／森には森の風が吹く／森遊びの日々／森語りの日々／森心地の日々／森メトリィの日々／アンチ整理術

☆詳しくは、ホームページ「森博嗣の浮遊工作室」を参照
(https://www.ne.jp/asahi/beat/non/mori/)
（２０２０年11月より、ＵＲＬが新しくなりました）

本書は文庫書下ろしです。

|著者|森 博嗣　作家、工学博士。1957年12月生まれ。名古屋大学工学部助教授として勤務するかたわら、1996年に『すべてがFになる』（講談社）で第1回メフィスト賞を受賞しデビュー。以後、続々と作品を発表し、人気を博している。小説に「スカイ・クロラ」シリーズ、「ヴォイド・シェイパ」シリーズ（ともに中央公論新社）、『相田家のグッドバイ』（幻冬舎）、『喜嶋先生の静かな世界』（講談社）など。小説のほかに、『自由をつくる 自在に生きる』（集英社新書）、『孤独の価値』（幻冬舎新書）などの多数の著作がある。2010年には、Amazon.co.jpの10周年記念で殿堂入り著者に選ばれた。ホームページは、「森博嗣の浮遊工作室」（https://www.ne.jp/asahi/beat/non/mori/）。

積《つ》み木《き》シンドローム　The cream of the notes 11

森《もり》 博嗣《ひろし》

講談社文庫

定価はカバーに
表示してあります

2022年12月15日第1刷発行

発行者——鈴木章一
発行所——株式会社　講談社
東京都文京区音羽2-12-21　〒112-8001
電話 出版（03）5395-3510
販売（03）5395-5817
業務（03）5395-3615

Printed in Japan

KODANSHA

デザイン—菊地信義
本文データ制作—講談社デジタル製作
印刷———株式会社KPSプロダクツ
製本———株式会社国宝社

ISBN978-4-06-528868-9

講談社文庫刊行の辞

二十一世紀の到来を目睫に望みながら、われわれはいま、人類史上かつて例を見ない巨大な転換期をむかえようとしている。

世界も、日本も、激動の予兆に対する期待とおののきを内に蔵して、未知の時代に歩み入ろうとしている。このときにあたり、創業の人野間清治の「ナショナル・エデュケイター」への志を現代に甦らせようと意図して、われわれはここに古今の文芸作品はいうまでもなく、ひろく人文・社会・自然の諸科学から東西の名著を網羅する、新しい綜合文庫の発刊を決意した。

激動の転換期はまた断絶の時代である。われわれは戦後二十五年間の出版文化のありかたへの深い反省をこめて、この断絶の時代にあえて人間的な持続を求めようとする。いたずらに浮薄な商業主義のあだ花を追い求めることなく、長期にわたって良書に生命をあたえようとつとめるところにしか、今後の出版文化の真の繁栄はあり得ないと信じるからである。

同時にわれわれはこの綜合文庫の刊行を通じて、人文・社会・自然の諸科学が、結局人間の学にほかならないことを立証しようと願っている。かつて知識とは、「汝自身を知る」ことにつきていた。現代社会の瑣末な情報の氾濫のなかから、力強い知識の源泉を掘り起し、技術文明のただなかに、生きた人間の姿を復活させること。それこそわれわれの切なる希求である。

われわれは権威に盲従せず、俗流に媚びることなく、渾然一体となって日本の「草の根」をかたちづくる若く新しい世代の人々に、心をこめてこの新しい綜合文庫をおくり届けたい。それは知識の泉であるとともに感受性のふるさとであり、もっとも有機的に組織され、社会に開かれた万人のための大学をめざしている。大方の支援と協力を衷心より切望してやまない。

一九七一年七月

野間省一